白沙

来自外部世界的经历

White Sands

Experiences from the Outside World

[英] 杰夫・戴尔 / 著
王晓英 / 译

浙江文艺出版社
Zhejiang Literature & Art Publishing House

版权合同登记号：图字：11-2021-256 号

图书在版编目（CIP）数据

白沙：来自外部世界的经历 /（英）杰夫·戴尔著；王晓英译. —杭州：浙江文艺出版社，2020.6（2023.2 重印）
ISBN 978-7-5339-6068-1

Ⅰ.①白… Ⅱ.①杰… ②王… Ⅲ.①散文集—英国—现代 Ⅳ.①I561.65

中国版本图书馆 CIP 数据核字（2020）第 047618 号

白沙：来自外部世界的经历
BAISHA: LAIZI WAIBU SHIJIE DE JINGLI
作　　者：［英］杰夫 · 戴尔
译　　者：王晓英
责任编辑：童潇骁　周　易
营销编辑：张恩惠
封面设计：棱角视觉

出版发行：浙江文艺出版社
地　　址：杭州市体育场路 347 号
网　　址：www.zjwycbs.cn
经　　销：浙江省新华书店集团有限公司
印　　刷：杭州富春印务有限公司
版　　次：2020 年 6 月第 1 版
印　　次：2023 年 2 月第 3 次印刷
开　　本：787 毫米 × 1092 毫米　1/32
字　　数：145 千字
印　　张：8.75
插　　页：4
书　　号：ISBN 978-7-5339-6068-1
定　　价：56.00 元

献给丽贝卡

去厄瓜多尔的纳波河那样的地方，不是为了去瞻仰什么最壮观的景象，而纯粹是去看看那里有些什么。这个星球，我们毕竟只来这么一回，不妨亲身感受一下它。

——安妮·迪拉德

解费解之事，乃神话传说之功，但那块无法解释的巨石却无人言说。源自实外之虚、明下之晦者，终将回归虚晦莫名之境。

——弗朗茨·卡夫卡

序　言

杰夫·戴尔

就如同我之前的畅销书《懒人瑜伽》一样，这部作品也融合了虚构和非虚构两种形式。虚构和非虚构这两者有什么不同？这个嘛，在虚构文学中，你可以虚构内容，或者改写事实，比如说我的妻子叫丽贝卡，而在这本书里，叙述者的妻子叫杰西卡。就是这样，你把自己当成讲故事的人，然后把名字都换掉，但这里非虚构的部分也出现了杰西卡这个名字。在不同的文学形式和相应的阅读期待之间，有一条分界线，可最关键的是，在读这本书的时候，你不需要刻意地画一条这样的分界线，并在心里衡量这本书距离这条所谓的分界线游离了几分。就这点而言，“白沙”既是地毯中间的一块图案，也是地图上的一处空白。

于加利福尼亚，2015年9月

图片为卢克索雕像。(作者提供)

目录

一

在我小时候待的那个小镇（格洛斯特郡切尔滕纳姆市）里，我上的幼儿园和小学边上，有一个很大的公园。上学期间，我们会在午休的时候跑去那里玩；暑假更是整个下午都泡在那里踢足球。公园的一角有一处被我们称作驼峰的地方，它是一个夯实的土丘，上面还长了几棵树，这可能是这块被清理推平后改造成公园的场地留下的唯一一点原貌，又或者是场地平整过程中的一些岩屑碎石堆砌而成的产物，但从树木的大小来看，这种可能性不大。除了足球和板球，这个驼峰是我们所有游戏的焦点。这是我人生历程里第一个具有特殊意义的地方。无论什么游戏，它都是我们的不二之选，比如我们要进攻的堡垒呀，或是要建立的滩头阵地啊（那时候，所有的游戏都是战争游戏）。它不仅仅是个土丘，它所包含的意义超越了“驼峰”这个名称。如果我们打算服用佩奥特仙人掌迷幻剂或者放火烧哪个同学，真要做这种事的话，也会选在这个地方。

故　宫

我在中国的最后一天，也就是去故宫的那天早上，一觉醒来，感觉自己累得要散架。这次中国之行，没有一天不是这样。先是在上海，时差一时没倒过来，又因为到了中国，人太兴奋，然后随着晚上的活动越拖越晚，酒喝得越来越凶，早上的行程也安排得越来越早，根本没有足够的时间睡觉，最后，到北京后，以上所有的因素都凑在了一起，造成了所谓的因时差引发的失眠，这真是要了命。

没时间吃早饭了，一直都没时间吃早饭。敏还在前台等着，她总是提前到，从来不会累，永远都带着笑容，开开心心的样子，但当她问我睡得好不好时，却有一丝不胜其烦的情绪藏在那笑容下面。

“很好。”我回答。这是在你睡得不好的时候最容易做的事：就说些最不让你费力、最不需要解释的话。我们之间的关系不知怎的就是无法熟到拥抱的程度，我们只是握了握手，就走出了酒店。外面已经热得沸腾，这还只是早上八点。司机穿着白色的衬衣，梳着光溜溜的大背头，正站在车边抽着烟。我想不起他的名字来，实际上，让我纳闷的不是名字，而是这张脸，司机的名字是峰，这我是知道的，但他不是峰，肯定不是，所以昨天我还会说：“你好！峰。”而今天就只是打招呼说“嗨”。我心里很明白，如果这人就是峰，他可能会因为我这样把他降级为无名氏而感到不爽。所以他才没有笑吗？不，不，他不可能是峰……这就是身体太累会导致的后果，你记不得应该记得的事，比如人的脸，然后脑子里一刻不消停，担心这担心那的，直到耗尽了精神，把自己弄得更加疲乏。

我钻进车里坐好，车子开始向故宫驶去，这是一段可怕的旅程。北京是一个很“恐怖”的城市，兼具纽约的紧张和洛杉矶的广袤，这里的居民是有两千万吗？全英国三分之一的人口生活在一个城市里，这城市感觉差不多有半个英格兰那么大。我们堵在一个八车道上，几乎动不了。我无所谓，刚好可以趁机眯一会儿，补上我今天的第一个小觉。敏已经警告过，接下来会是“相当累的一天”。

我睡得正酣，车子加速驶进了一个空位，减慢速度又来了个急转弯，一下子就把我给颠醒了。这一觉睡了二十分钟，白天在行驶的车里就是比夜里在酒店的豪华床上容易入睡，像这样打个盹，眯上二十分钟，能让人精神百倍，但这效果也只能持续大概二十分钟。敏还是和往常一样，正捧着她两个手机中的其中一个，忙着梳理不断变化的日程。她说她安排了一个导游带我们逛故宫，我的心一下子就沉了下去，我是很容易这样的，但没有什么能像“导游”这个词让我的心跌得那么快、那么深，很多其他的字眼会拖着它像一块缓缓下沉的石头，比如“必须”和“听”，正如这句话，“必须听导游来告诉我关于故宫的事”，而这些信息我完全可以回家后自己在书上找到，这么一来，到时候自己翻书去找的兴趣怕是要石沉大海，消失得无影无踪了。

我们来到了故宫的入口处。昨天晚上我还曾路过这里，当时我在另一辆车上，刚享用完一顿以二十道豆腐菜为特色的晚餐，正在中国的月光下赶往酒吧，从那个酒吧能看见月光笼罩下的故宫的屋顶。那顿晚餐的亮点是用豆腐做的代肋排，吃起来完全符合肉食爱好者对肋排的印象，还不用怕吃到的是肉——豆腐肉里插的那根亮晶晶的骨头是用莲藕做的。之前，关于中国，我一直担心三件事：污染、抽烟（污染的一种）和食物。我来了之后，空气一直很好，我也很少碰到有人抽烟，而食物——这豆腐——就像是开拓了模拟仿真的新领域。

我刚从车里钻出来，就被热浪迎头一棒，这还不到九点啊。在急着跑去买门票之前，敏说导游要晚点到，那我们就在里面和她碰头吧。“好啊。”我嘴上这么说，心里暗暗希望导游无法在这涌进大门的大波人流中找到我们。这人山人海的架势，就好像这是一年中紫禁城的大门唯一不禁止通行的一天。敏拿着门票回来后，我们随着人流鱼贯而入，来到了一个无比壮观的庭院，虽然门票才刚开售没多久，但这里已经是一派热闹的景象。这第一眼看到的画面精彩绝伦：红色的墙和垂拱着的金色屋顶。那屋顶映衬着清澈如洗的碧空，仿佛是悬在上方的这片汪洋里的一艘艘船。接着，我们来到下一个庭院，还是有很多人，但是故宫有切尔滕纳姆那么大，有足够的地方容纳所有的人。天哪！还真的是无穷无尽啊！每一处都看起来和别处没什么差别：足球场那么大的庭院、回廊、倾斜的屋顶、屋顶下的房间。导游肯定会告诉你这些地方其实是不一样的，每一处都与众不同，都有其特殊而又烦琐的功能，所以就更应该在这完全懵懂的状态下好好欣赏眼前的风景，不必费神装作在听，任由导游一路把你不想要的知识和信息灌输到你的头脑中，硬生生把这趟经历给毁掉。

敏和这位导游的联系变得频繁起来，然后突然间就在冲她招手了。啊，是那个人。她也在招手回应。她的头发柔美漆黑，一直垂到肩头。她的肤色比故宫里的很多游客都要深，那些人太苍白了，一个个在亮闪闪的粉色阳伞下躲避着烈日。她笑得很灿烂，穿了条长裙，浅绿色的，无袖。她朝敏走过来，摘下墨镜，给了敏一个拥抱，一只手拿着墨镜搭在敏的后背。她的眼睛是棕色的，圆圆的，只是微微向眼角抻开。她自信的样子，我很喜欢（这让我也自信起来，尽管同时也让我后悔不该穿了短裤来）；她站在那里的样子，我也很喜欢。她穿着一双低跟凉鞋，脚指甲涂成了深蓝色。她叫丽。我们握了握手，她伸过来一条裸露的手臂，然后，她的眼睛又藏到了墨镜后面。从她招手开始的三十秒时间已经足以颠覆我之前对导游的所有成见。找导游这主意真是太棒了！还有什么能好过听人大段大段、详尽地讲解这里的历史呢？不了解相关的知识，只是稀里糊涂地逛一圈，想用心关注也不知道看点在哪里，等于啥也没看。

我们三个从热烘烘的背阴处走进了庭院里那片滚烫的阳光下，是庭院还是该叫别的什么，丽并没有说明。我看着她一道光似的闪进了那片阳光里。接着，我们继续逛，仔细打量了几间看起来灰扑扑的房间内部，里面没啥东西，除了几张已经残破凹塌、完全没有了精气神的老床老椅。并不是说这有什么要紧的：房间内部与红墙金瓦的建筑外观相比，完全是一种无关的存在。宏伟的建筑外部已经达到了一种无法想象的程度，而到底规模有多大，丽好整以暇，似乎并不急着透露。她看起来好像不太情愿开始她的演讲，于是我就问了几个问题，想要催她尽快进入角色，通常，我挺怕别人来回答这种问题的。

“很抱歉，我对故宫真的不了解。”她说。

“我以为你是导游。”

“不是的，我只是敏的朋友，她叫我来的。”

像这样的早上或许证明，你真的只有在彻底发疯的情况下才会去自杀，想自杀，好啊，但千万别真的去做，生活会在顷刻之间就往好的方向发展，出现一百八十度的逆转。这次，运气本来就不错，然后变得更好了，而当丽说“如果你希望我做导游，我可以试试”时，就更是锦上添花了。

“对，来吧，试试看。”

“好，让我想想。从前，皇帝的女人都住在这里，她们不能离开，只能在这里走动，这日子一定很无聊，只是每个人都在算计，一直在算计，不一定是想除掉皇帝或者他身边的其他女人，部分原因可能就是为了打发时间，这样日子就会过得妙趣横生。”

“你英语很棒啊！妙趣横生。”

“谢谢！”

“你在哪里学的？”

“在北京这儿，然后又去伦敦，我在卡姆登住过，那地方……”尽管英语很好，她还是停顿了一下，想要找一个不那么平淡的词来表示“很好”。“嗯，那地方很糟糕，如果我可以这么说的话。”哈，她原来是在担心会冒犯到我。

“还有什么？我不是指卡姆登，那地方本来就糟糕得出名。关于这个地方的事——皇帝的女人和皇帝——还有些什么？”

“这些女人唯一想要的就是皇帝的爱。”她说得那么坚定，仿佛不只是在讲述她们的故事，倒更像是在为她们请愿。

“那他想要什么？”

“更多的女人，”她回答，“同时摆脱原来的这些女人。”丽结婚了吗？我瞥了一眼她细长的手指，没有戒指，看着她的手和脚，感觉她的手指和脚趾的裸露程度不及两者之间的其他任何一个部位。

敏一直都很照顾我，怕我不舒服，这会儿又跑去买水了，回来的时候，她手里的几瓶水在阳光下一闪一闪的。我们退到背阴处，一边继续逛，一边大口大口地往嘴里灌水。我看着丽：她的手、瓶子、水、她的嘴唇。我们在一截矮墙上坐了下来，看着庭院里萎靡不振的绿草和久经磨砺的鹅卵石。

丽说：“在我们的左边，你可以欣赏到养心殿的景致。”我们在荫蔽处看着阳光下的一块牌子，上面写着“养心殿”。

我说：“你太谦虚了，这地方你其实挺了解的，这么多奇闻秘事，外国游客自己是发现不了的。”我非常喜欢养心殿，听起来比坐在博德利图书馆，从书架上挑些枯燥乏味的书来看要轻松得多，但也许这里要求更高，也更能启迪智慧。也许，从某种隐隐约约中国化的观点来看，“养心殿”本身只是个符号，它为我们揭示了通往养心境界的途径。我很满意这个想法，我能这么想，意味着我已经在培养我的心性官能，这些官能越来越集中，几乎完全聚焦到了丽身上。意识到了这点，想到这样会显得非常不礼貌，我硬生生地把目光从丽身上移开，转头和敏聊了起来，直到她得接起电话调整下午的计划。

我们三个人朝着指示牌所指示的方向走，来到了一个空荡荡的房间，看起来和别处的空房间没什么两样，但这里面的空与那些不养心的地方的空，一定存在着质的差别。

我们在太阳底下一次只能坚持五分钟，简直是在承受着炙烤，天空是火烧火燎的蓝。一个月前，在阴云密布的夜里十点，我穿行在伦敦街头，当时有人告诉我，北京的正午就是这个样子：污染严重得跟黑夜差不多。我当时还在咳嗽，这似乎也成了我对北京的预先体验；总之，一旦去了，就逃不过严重的咽喉感染或者肺部感染。我把我听到的话告诉了丽：污染严重到你用肉眼就看得到它从天上落下来。

“几年前，我们这里的空气污染破了纪录，不仅破了纪录，测量的机器也‘破’了，污染太严重了，以致测量——你们怎么说的?”

“测量仪?”

“对，测量仪都测不出来。”

“超出仪表刻度范围了。”

“糟糕透了……”

丽掏出手机，她手机上有个显示空气质量的应用程序，相对来说，今天的空气犹如在山间那般清新。在这里，我遇到的每个外国人都有这种空气质量的应用程序，但数据来源都是美国领事馆，他们测出来的数据总是比中国的要高一倍。然而，对于此刻来说，这都无关紧要，此刻，我们呼吸着这干净得出奇、但也热得要命的空气，走在故宫里。他们宣称这地方是世界奇观之一，这绝对是名副其实的。如果它真的是世界奇观，我也只想得起另外两处：巴比伦的空中花园和金字塔。且慢，如今世上还有这座“空中花园”吗？况且它可能从来就没有存在过吧？（所谓“从来”，是以我的有生之年为尺度、唯我意义上的“从来”。）也许，“空中花园”本来就是被消逝的时空抛在身后的一则传奇，如此而已。现在看来，七大奇观的概念有一种挽歌式的悲情，它们的确很了不起，但如今，一个人在生命走到尽头之前，大抵要了却上百个心愿，七大奇观树立的标杆恐怕排不上号了。而不论是在赞比西河上蹦极，还是在帕岸岛的满月派对上服下致幻蘑菇让自己彻底疯癫一次，我都还没尝试过，这两件事也绝对不是我在生命走到尽头之前要了却的心愿。

我们朝着御花园的方向走去，半路又经过一个广场，就在角落处歇了下来。丽在喝水，她抬手把瓶子送到嘴边时，我看得见她的腋窝，很光洁，没有出汗。她的嘴角有一块很小的疤，只有当她在阳光下，那一侧的脸迎着太阳的时候，才能清楚地看到那道疤。敏提议给我俩——我和丽一起——拍一张照片。我伸出手臂揽住她的肩膀，但不敢碰到她裸露的肌肤，后来发现这照片算是被我的手给毁了——攥着拳头，就像个土豆。

“你看上去好帅啊！”敏瞟了一眼相机背面的影像，又按了一下快门。她总是说一些这样的话，她出版社的同事也这样，居然还不在少数。事实上，听到这些好话，我肯定不会不高兴，甚至在某种程度上这可能还是真话。那位告诫我北京有污染问题的朋友还提醒我——其实是在鼓励我——中国女人觉得中年白人男性特别有魅力。这是真的吗？还是西方男人招架不住黄热病[1]的魔力，反过来把这种心态投射到了中国女性身上？不管怎样，敏与她的同事不断散发出来的魅力，加上每个人

---

① 黄热病（Yellow Fever），此处引申为西方男性狂热迷恋亚洲女性的流行俗语。——译者注

看上去都那么年轻，使得我也表现得像个有魅力的年轻人。我完全适应了自己的这种新形象，以至于有一次走在上海的南京路上，一个迎面而来的西方中年人毫不掩饰地冲我摆出一副轻蔑的表情，我就这样很不屑地怒视着他。那天的玻璃窗擦得锃亮，可怕的真相在下一秒就浮现出来，我几乎是真的一头撞上了自己的影像：和其他面部潮红的中年人一样的那个自己。而现在，被敏这么一夸，还和丽一起合了影，那可怕的印象已经被我淡忘，也许是记错了吧。敏就是有无止境的本事让我自信起来，让我对这个世界的印象好起来。她说我太性感了（天太热了），她得去和司机安排一下行程，她会在半小时后和我们在外面碰头。

“真的吗？你确定？”我问她。我很庆幸自己戴了墨镜，万一激动的样子摆在脸上，我黝黑粗犷的脸上，也好遮一遮。敏说她确定，她会在二十分钟后与我们会合。她开始循着原路往回走，一路躲着太阳。现在就剩下我们两个人了，我和丽连同差不多一百万个游客留在故宫里继续逛。如果我能牵她的手，一起手牵手在这故宫里闲逛，会是一件极其自然的事，但这也是完全不可能发生的事。如果接下来的时间能这样闲逛着就好了，就像亚当和夏娃在古代东方人头攒动的伊甸园里漫步，直到走进这片偏僻的背阴处，发现了这个地方，然后找了一处隐蔽的位置坐下来，避开妻子们和游客们窥探的目光，这远够不上偷情，但却正中其意。她从发烫的水瓶里喝着水，直到里头一滴不剩。这里反复出现的这个词——“直到”——在我的脑海里弹来弹去地回响着，直到是时候离开去和敏会合。

我们走出大门，看到了敏、车和司机。司机身着白衬衣站在那里，梳着光溜溜的大背头，抽着烟，但是带着笑容，他看到我很高兴。这人是峰，肯定是他。

“换了辆车，型号一样，”敏向我解释，“也换了个司机，昨天那位。”她坐到了他后面，峰的后面，丽坐到了前排，我和敏坐在后排，我在丽后面。车子开了十分钟，不晓得开到了什么地方，峰把车靠边停下来，丽要下车。我也钻了出来，周围是喧嚣沸腾的车水马龙。她得赶回去上班。和她握手贴面道别，嘴唇触碰到她的脸，有小疤的那半边脸，这样做没什么问题，合乎礼仪。我们交流了各自晚上的安排，她双手递给我一张中英文的名片。

“抱歉，我没有名片，”我说，“但也许我们今天晚些时候可以再碰头，晚饭后，我希望。”

这句话说得轻描淡写，但其实是由衷之言，发自肺脏。十几岁的时候，想到要和一个刚认识的女孩去约会，我会兴奋得感觉胸口快要被压碎。这是不是“迷恋某人”在形相上的词源？[①]

她说她也希望我们晚些时候能再见面，然后转过身，走了。我把她的名片仔细塞进其中一个裤兜里，这条短裤口袋多得很。我钻回阴凉的车里，当我透过车窗往外看时，她早已经消失在人群里了。车子缓缓驶回始终拥挤的车流，我和敏说着话，手摸着名片的尖角，努力克制着冲动，不让自己把它掏出来，仔细研究上面印着的信息：她的电话号码，她的电子邮箱地址。曾经有一段时间——好像是从我十五六岁开始直到四十岁出头——从异性那里要个电话号码，难似登天，如果有一天晚上出去后能带着一张写着号码的纸回家，就算只有一个号码，还潦草得难以辨认，那也算得上是一个伟大的胜利。你战战兢兢地拨着号码，不确定一会儿接起来的那个人会不会是她爸爸，也不确定之后电话那头会不会冒出个男朋友来。细想一下，我觉得丽在给电话号码的时候其实有点矜持；在亚洲，人们不都是一见面就给

① crush一词多义，既可表示“压碎”，又可表示“迷恋”。——译者注

号码的吗?

这一下午，就如敏事先保证的那样，非常累。一连串的访问，一遍遍说着同样的话，语气也越来越不肯定，有时候表演了一半就走了神，忘了自己在说什么，已经说了什么或是打算要说什么。我听说士兵累到极致时会在行军途中睡着，但这对当下这位疲劳的作家来说是不现实的。他面对记者的提问，谈到自己的书，这书讲述的是一段即兴创作音乐的历史，其主题思想就是放松，融入当下；然而他自始至终都很清楚自己无论是在回答问题的时候，还是在等着翻译把自己的话译成中文的时候，脑海里不是在重放丽在故宫里走路的镜头、她裸露的肩膀和绿裙子，就是在盼着晚上的约会，盘算尽早见面的机会。

采访结束的时候，我已经进入了一种行走的昏迷状态，完全失去了注意力。敏在大堂给峰打了个电话，她说他被堵在路上，离这里不远，但是过来起码还要一个小时。外面的人行道上挤满了拦出租车的人，可眼前的出租车都是载了客的，它们困在这可怕的车阵里，在这惊人的热浪里一动不动。敏说眼下搭地铁过去最快。

“我们得见机行事!”她说，“虽然会很挤。”

“没关系，”我说，“任何一个像样点的城市，地铁都挤的。”

但是没有一个城市像北京这么挤。每一个环节——买票、过闸、穿过通道（一定是全世界最长的地铁通道）——都很累人，地铁系统的每一处都挤得要爆，我们要穿过的每一条走廊从头到尾都被这个城市的居民填满了，结结实实的一大群人。两次换乘，我们都得排队等车，人太多，第一趟车过后的第二趟车，也未必一定能上得了，但至少前面的人上去，你就靠前了，更有可能挤上去。队伍里没有谁先谁后的争执，没有推推搡搡，每个人都适应了在密集的人群里生活，彬彬有礼地过着各自忙碌的人生。

我筋疲力尽地回到酒店房间。十小时前，在这里醒过来的时候，我也是这样筋疲力尽，但是没时间了，不能补上一觉让自己恢复一下，在体验这段折腾人的地铁旅程之前，我本来还打算在接我们的车上眯一会儿的，现在只够时间冲个澡了。我换上了干净的内衣、干净的蓝色衬衣和牛仔裤，这是我留着备用的最后一件干净的衬衣了。换好衣服后，我就下楼去和等在前台的敏会合。我们要去吃北京烤鸭，敏说这会为我这趟行程画上标志性的句号：在以北京烤鸭闻名的北京餐厅里吃北京烤鸭。

从酒店走到餐厅只有五分钟的路程。电梯里有多位世界领导人和名人吃烤鸭的照片，但电梯门一开，我们走进的餐厅不见得就是照片里的这家。

一起用餐的有六个人，我们被安排在一间包厢里。出版社的大领导强和几天没见的薇都在。薇穿着牛仔裤和白T恤，T恤上印着几个中文字，她还是背着那个用某种软绒面料做的粉色背包。第一次见面的时候，我还当她是强的女儿，趁放假来陪陪爸爸。我以为那背包里装的是一些让她打发无聊的玩具或电子游戏，直到我把包递给她的时候，才发现那包有一吨重，包里装着书、笔记本电脑和各种电子配件。她二十四岁，是社里的市场部经理。我之所以过去几天没有看到她，是因为她在接待另一位来访的作家，香港来的俊。她帮我们互相介绍了一下，我们握了握手。俊和我同岁，但很不寻常的是，在这个所有人都显得比实际年龄小十岁的地方，他看起来要比实际年龄大五岁。

就像故宫那样，北京烤鸭绝对对得起它如雷贯耳的名声。我在饼里卷上鸭肉片，加上青葱和其他的配料，不停地称赞它何等美味，这整个过程，我都意识到自己一直在试图加快速度，急着去见丽，尽管这样着急慌忙并没有什么意义，因为此刻，她也正忙着吃饭，她可没有狼吞虎咽，也没在烦恼我们什么时候才能见面。

很快，我又有了新的烦恼，我发现我把手机落在酒店了，它还在我的短裤里，一向热心的敏直接拨通了丽的电话，敲定了见面的时间地点。她们约在了一个酒吧，离这里只有二十分钟的路程。俊、敏和薇都要一起去，这显然和我设想中的这一夜不太一样，但或许这也不失为一个好主意，这样一来，就可以缓释一下我急切的情绪，防止它失了分寸，变得有点不顾一切。我们很快就叫到了一辆出租车，一路上几乎空荡荡的，我们高速行驶了十分钟后，不得不放慢速度，龟速爬行了一段路，最后索性停了下来，周围的车流也冻结了。一小时后，我们还在车里，绿灯持续的时间还不足三十秒，我们为转个弯已经等了二十分钟，左转过去就是酒吧所在的那条街了。早知道我们就下车走过去了，走走也就五分钟，还能省下十五分钟——四分之一个小时。然而，当我们真的下了车以后，站在那条街上，也还是看不到那家酒吧。整条街都是酒吧，每一家都挤满了很年轻的年轻人，这地方就像是卡姆登的翻版，但比卡姆登鲜亮些，稍微好些，没那么糟糕。她绝对不可能选这里的酒吧。如果真的选了，这该死的地方到底是在哪里？她在哪里？时间又被无谓地浪费掉了很多，一分钟就如同五分钟，十小时后我就得在回伦敦的飞机上了。这时候，我看到了她，挥着手，就像上午在故宫里那样，只是少了墨镜。她穿了条蓝色的裙子，比之前那条短一些，颜色深一些，长度及膝，但也是无袖的，还是露着肩膀和手臂。怪不得我们找不到这地方，她站在一家美甲店外面。我低头看她的脚、她的凉鞋、她的脚趾和蓝色的脚指甲。敏向丽介绍了俊和薇，然后，我们跟着她穿过一条走廊，到了美甲店的一侧，进了一个坑坑洼洼的灰色电梯。这电梯很适合安在那种资金不足的医院里，大得足够容纳一台轮床，上面躺个病人，边上再围几个疲劳的工作人员和焦急的家人。门紧紧地合上了，电梯颤颤巍巍地往上爬，门再次打开的时候，眼前出现的是昏暗的楼梯平台，没什么明显的特征，除了有涂鸦，还被人擦掉了一部分。这个夜晚，失望一个接着一个袭来，间或又夹杂着希望和重新燃起的期待。我跟在丽后面爬了一段水泥楼梯，她每迈一步都会牵动小腿肚上的肌肉。但是，她这是要把我们带到哪里去？

是去一个屋顶酒吧。当我们最终踏进这片热气蒸腾的夜色中时，眼前的景象就像梦境中的夜生活天堂伊比沙岛。

“叫什么，这个地方?”我问。

“养心吧，”她说，“你没看到招牌吗?”

“我很确定没有招牌，但也许我没找对，我在找的是‘狗和鸭’那种招牌。”这是个酒吧笑话，但丽没有听懂。

酒吧三面都是高高的写字楼，泛着崭新的光泽，有几幢新得还没有建完，在另一面，城市在眼前无限延伸，摩天大楼的顶部点缀着霓虹灯，放眼望去是一片片光点闪烁的平面。音乐声不吵，她选的地方不错，但也不算太好：没地方坐。丽介绍了她的两个朋友，都是女性，她们已经来了一会儿了，还没占到一张桌子。眼下的最佳方案就是大家一起拥进楼顶中间那个光怪陆离的包厢，坐在垫子上，但这就跟坐在室内没什么两样，失去了露天的意趣，不能毫无阻挡地沐浴着夜色和星光。但其实哪儿都看不到星星，光污染太严重了。真的呢。昨天晚上的月亮跑哪里去了？但光根本不是污染，是它自身的一种魔法。我们转来转去，感觉就像又回到了车里，只不过是站着而已，目标就在不远处，但我们却被困在那令人懊恼的几步之遥，无可奈何。这里倒是有几张空椅子，但也不够坐七个人。这时候，一大帮人，清一色的男性，有中国人，也有西方人，他们起身离开，腾出了一张大沙发和几张椅子。丽扑了过去，俊另外抓了两把椅子，所有人都坐了下来，围着一个矮几，我挨着丽坐在沙发上，看起来一点都不刻意。

服务生过来给我们点了饮料，各种复杂的酒水：啤酒、鸡尾酒、杜松子酒、红酒。既然大家都已经坐了下来，喝的也点好了，于是每个人又重新自我介绍了一遍。丽的其中一个朋友原来是她的姐姐。

“你们看起来一点都不像。”我说。她的脸很瘦，棱角分明，面相近乎严厉。

“不是亲姐姐，”丽说，“是表姐。”这位表姐是舞蹈演员，虽然看起来太高，完全不像是舞者，她刚生完孩子。服务生回到我们这桌，手中的托盘摆满了玻璃杯、酒瓶、冰块和饮料。丽点了新加坡司令（“管它是什么”），我喝的是啤酒。敏敬了我和俊，等大家都碰过杯后，我又回敬——“为中国时代干杯！”——然后大家又一起碰杯。啤酒只是青岛啤酒，但好在是冰的，很棒，口感也还可以。这是我离开故宫后第一次这样心无旁骛地享受当下，但如果当下这一刻这么美好，就有必要保存下来，用相片记录下来。当人们享受欢乐时光的时候，他们会拍照片来表示并证明自己在享受欢乐时光。现场每个人都在拍照片，不仅仅是我们这群人，全场的人都在拍。但这有什么意义？照片永远都捕捉不了神奇之夜的神奇，只能展示人们醉得两眼通红，互相在给对方拍照，但拍照这个行为本身就是这一刻的组成部分和证明。我以为这是年轻人才会做的事，但俊也在拍，不同的是他在用专业相机，而不是手机，而且拍得相当认真，调着焦距和光圈。拍了一会儿，他开始换镜头，低调随意的样子，手里一直抓着啤酒瓶，一声不吭，然后，他起身走开，站在远处继续拍。他坐回来后，把相机传给大家，让我们看看他拍了些什么。

照片非常棒，我亲身体验的瞬间能被相机捕捉得这么完美，还是头一次。这些照片就是我脑海中的样子。照片很美，但大家一致认为拍得最好的是丽的表姐的那几张，颜色有点发糊，但是很美，浸润饱满。其中一张照片上，有一抹黄光，右边是一串模糊的蓝点，她被这串蓝点困在暗处，却分外清晰。俊一开始就知道会是这样的效果吗？如果是的话，那他是怎么做到的？

“他一定是爱上她了！”我说出口的这句话回答了自己心中的这个问题。这个浪漫而技术白痴的反应也是一种感同身受的宣告，同时也想转移大家的注意力，我的心思也许谁都心知肚明。如果你在北京的屋顶酒吧爱上一个人，就会像照片上这个样子。又或者爱上表姐的只是相机？我曾经看到有文章说穆罕默德·阿里[①]除了其他的特点，还长了一副拳击手的好面相，面部线条浑圆，这令他不太容易遭受割裂性的损伤；而丽的表姐则长了一张截然不同的脸：棱角分明，线条尖锐。相机没有像重拳滑过阿里的脸庞那样从她脸上滑过，而是贴住了，就像你坠入爱河时揪着那人说的每句话不放一样。快门的速度大概是一秒钟的百分之随便多少吧，但她的脸不知怎的就令相机稍微多停留了一会儿，并且在这过程中，相机还柔化了它的线条。它任由甚至是鼓励相机这样去做，将她的内在生命展现出来。她被转移了，好像不完全在那里。也许她在惦记着家里的孩子吧？尖锐的面部线条被柔化过后，令她看起来有点恍惚，也许俊早就看出来了，她的脸具备那种特质。

我很乐意把注意力放在照片上，防止自己的心思全跑到丽身上去，尤其是当我们一起俯身去研究相机上的照片时，那一刻，我们的肩膀贴在了一起。我们点击翻看着照片，肩膀还是贴着，我的衬衣贴着她的肌肤。在这张五分钟前拍的照片上，我们两个人就坐在现在这个

① 穆罕默德·阿里（Muhammad Ali，1942—2016），美国著名拳击运动员。

位置，周围是一片蓝色，就像从太空俯瞰海洋看到的蓝，我的头顶还悬着一轮明月。（我向四周扫了一眼，对，它就在那里，躲在一幢高楼后面探头探脑。）一开始，这张照片有点让人困惑：丽的身子扭了过去，头藏在我背后，只露出左肩。其实当时我向前倾着身子，她正从我背后去拿放在沙发边上的包，看起来就像她在玩笑着躲避追踪的相机。两个人之间肢体的互动，看得到的和看不到的，隐隐约约，有一种暧昧的亲密感。同样的问题：这只是个偶然——相机偶然间捕捉到的——还是俊眼尖抓拍下来的？所有的一切都被彩灯晕得模模糊糊，覆上了一层色彩：慢悠悠的黄色、绷得紧紧的红色。照片隐约传递着这夜的温柔、它的热情和承诺，还有一种不确定：我是否在回应某种东西，朦朦胧胧地藏在一团难以捉摸、未被挑明的信号背后的东西？此刻，我们一起看着照片，小臂确定无疑带着湿气触碰着，这种不确定也在这照片里。

丽指着屏幕上我的脸，把照片放大。

“哈，你看起‘乃’像乔治·克努尼[1]！”她说这话

① 此处指的是乔治·克鲁尼（George Clooney，1961— ），美国演员、导演。

的时候，眼睛睁得大大的。她还从来没有像现在这样，连“l”都会发错音；这样一来，我被更彻底地控制在了她的魔咒之下。在泡吧方面，我也根本不是对手。

丽把相机交还到敏手上，在此之前，我发现她先把相片倒回到一张不致引发联想的大合照。敏把相机递给了俊。服务生又送了一盘子喝的过来。还有些人要过来，其中有几个认识丽的朋友。一时间，场上熙熙攘攘，人头攒动，音乐声也更加喧腾，但还是盖不过时间在嘀嗒嘀嗒溜走的声音，之前已经任它在车里白白溜走，现在还在继续，一分一分地溜走，声音也更响亮，更清晰。

然后，大家都觉得该撤了，已经凌晨两点了，再过八小时，我就得飞了。账是中国人结的，我的钱又被塞回到手里，在这里，每次我想要付钱，最后都是这样。我们起身离开屋顶，搭着惨兮兮的电梯下楼，回到了此刻依然洋溢着一派热闹景象的街上，赤裸裸的灯光下，弥漫着赤裸裸的欲望。我们在街边转了很久，等着出租车来；我们这个扩张后的群体，每个人都在盘算谁该朝哪个方向走。丽就在我身边，我可以略施小计，悄悄地问她：“我可以和你一起回家吗?”或者“你能和我回酒店吗?”现在提这样的建议显然还为时过早，而同时，又太晚了。就算她同意了，我该怎样解决搭乘出租车的难题？我又该怎样去推翻原本理所当然的安排，不与敏、俊和薇上同一辆车？“我可以和你一起回家吗？”这个问题只是个礼貌性的、合乎情理的提议，而针对这问题的答案却允许了一切的可能性，一切由此冲破禁忌的后果。在这问题和答案之间，存在着一个鸿沟。为什么啊？到底什么样的极小概率事件的法则会规定这样的情况偏偏只发生在最后一晚，你不能和她一起睡，一起醒，一起吃早饭，一起度过一天增进了解，而只能在几个小时后登上飞机，带着更强烈的遗憾离开，因为我们没有完全地错失这段缘分，我们所经历的刚好足够让我们意识到，正因为没有完全地错失，我们还将错失多少？丽仍旧在我身边，我转向她，在她耳边说了句话。两辆出租车停了下来，一前一后。很多小时、很多分钟已经“嘀嗒”走了，车门打开了，“再见”也说了，最后，连几分钟都没有了，只剩下几秒钟。我等着她在这最后关头转过身来，我还能亲吻她，这样与她告别，或者，她转过身来，不说再见，不转身离开。

二

我有生以来第一次靠自己在野外摸索，去的是切尔滕纳姆镇外的雷克汉普顿山，我是和朋友们一起去的，没有父母陪同。“小心蝰蛇”的警示牌强调着你已经离开了安全的小镇，同时又赋予了这片未受驯化的户外天地一种伊甸园的气息。如果你来到这里，总会去魔鬼的烟囱看看。这是一个竖直的沙石悬崖。我不确定它是天然的（周围的软质岩层被腐蚀剥落后剩下的硬石柱?），还是人造的（采石场剩下的残骸?）。不管怎样，它从某一刻起便有了这个在当地颇具神话色彩的名称。

我叔叔达里尔和他的兄弟保罗在1958年他们十几岁的时候爬上了魔鬼的烟囱，他们有张照片，两个人都光着膀子坐在那上面，就像世界屋脊上的希拉里和丹增。爬上去一定很困难，但爬下来要难得多，也危险得多。

魔鬼的烟囱，这个我叔叔攀登过的地方，一个有着神秘起源的地标，曾经有人在这里冒着生命危险做过很了不起的事。直到今天，它还耸立在那里，但已经被封锁线围了起来，防止有人试图去效仿达里尔少年英雄的壮举。

哪里？什么？哪里？

我从伦敦起飞，前往法属波利尼西亚，在两段长途飞行间隙，途经洛杉矶国际机场转机时，我遗失了最重要的参考资料：大卫·斯威特曼[1]的高更传记。我去法属波利尼西亚是为了写一篇关于高更和当地异域风情的文章，以纪念他逝世一百周年。然而，这资料就这么莫名其妙地弄丢了，这个无法挽回的损失是个很不好的兆头，我顿时慌了神。当这种感觉渐渐消退时，取而代之的是湿漉漉的无奈感，虎视眈眈地要令我的整个旅程泡汤。这么至关重要的材料就这样被凭空夺走了——有时

① 大卫·斯威特曼（David Sweetman，1943—2002），英国作家、批评家。

候遗失也相当于被掠夺啊，即使纯粹是主人的错。这么一来，我在塔希提岛的大部分空余时间都被用来弥补这一损失：我把能回想起来的从斯威特曼的书里和其他史料中读到的高更的生平与成就都记录了下来。

高更绝对是个奇人，但他首先是位艺术家。我是这样写的。他的人生如他的画作一般色彩斑斓，他的作品影响了所有后来的艺术家，包括伟大的色彩画家马蒂斯。马蒂斯曾在他的感染下跑到塔希提岛，想“看看那里的光”，看看高更画里的色彩是不是真实的（它们是真实的，又是不真实的）。高更于1848年出生于巴黎，但却自认为是“来自秘鲁的野蛮人”——他幼年时期曾在秘鲁生活过。说他是野蛮人，他却成了股票经纪人，还娶妻成家，后来又抛下家人，奔赴塔希提岛。他去那里的部分原因是作为野蛮人去寻根，甩掉文明的伪饰，而同时还能享受法国保护领地的一切特殊利益。“法国保护领地”这一称谓暴露了殖民主义的游戏本质：法国以典型的黑帮手法向塔希提岛提供保护，心里完全明白塔希提岛岛民需要获得保护来抵御的恰恰是法国人。在去塔希提岛之前，高更在阿尔勒和备受折磨的天才文森特·凡·高共同生活了一段时间。在这段时间里，他们几乎把对方逼成了疯子，但高更把凡·高逼得更甚。可这也说明不了什么，因为凡·高自身就有一种走向癫狂的紧绷感，在彻底发疯之前就已经有点不正常了。

这两位艺术家骨子里阴晴不定的状态被柯克·道格拉斯[①]与安东尼·奎恩[②]在电影里演绎成了经典。两人朝夕相处，又成日灌苦艾酒，喝得醉醺醺的，无异于火上浇油，所以当凡·高愤而割下自己的耳朵时，虽然所有人都很惊讶，但这可能也不完全是个意外。还有一个问题，那就是高更自命不凡，爱表现自己，最后觉得证明自己与众不同的唯一途径就是远赴塔希提岛，跟他心目中的同类——生番部落——生活在一起。他到塔希提岛的时候刚好四十三岁。

La vai taamu noa to outou hatua[③]

“你从哪里来？”帕皮提入境处的官员问，“你到哪

---

① 柯克·道格拉斯（Kirk Douglas，1916—2020），美国演员、制片人、企业家、导演。此处指的是他于1956年主演的电影《凡·高传》（*Lust for Life*）。

② 安东尼·奎恩（Anthony Quinn，1915—2001），墨西哥演员。曾凭借《凡·高传》获得奥斯卡金像奖最佳男配角奖。

③ 萨摩亚语。大意为：扎紧行李。——译者注

里去?”他有没有事先接受指示，为了响应百年庆典来提这些问题？高更在他1897年的那幅恢宏巨作中提出了这些问题，我来塔希提岛回答这些问题。

1891年，高更涉滩登岛的时候，当地的妇女围上来嘲笑这个戴着水牛比尔帽子、长发及肩的嬉皮士始祖；当我过关入境的时候，他们没有嘲笑我，而是在潮湿的、黎明前的幽暗中冲我亲切地微笑。他们向我和其他游客赠送套在脖子上的鲜花花环以示欢迎，这些花环闻起来就像刚刚做好的那样新鲜芬芳。有人用香气扑鼻的热带鲜花做成的花环来欢迎你，这当然是件令人开心的事，但同时，也往往有一种令人沮丧的感觉在作怪。一个友爱的迎客传统被彻底商品化并加以包装，这样一来，即便这些鲜花很美，倒还不如就用塑料花得了。同样令人沮丧的还有那些驾驶旅游巴士的司机，他们等着把游客“传送”到这个蛮荒之地上的奢华酒店。一个个健壮得如同橄榄球队的主力前锋队员，空有一副能在橄榄球场上碾压英国人的体格，却“沦落”成了彬彬有礼的行李搬运工。

等我办好入住手续，走进我的豪华客房，天空已经以它那种热带特有的快节奏开始亮起来，于是我推开房间的法式长窗，走到阳台上，将眼前自然纯净的风景尽收眼底。梦幻般的莫雷阿岛映衬着半眠半醒的天空，这景致真是美极了，可你要是往右看，就会看到其他阳台呈僵硬的几何形状面对着大海，一派古尔斯基[1]式的风格。这是一家大型豪华酒店，虽然景致绝佳，但大海就如同经过修剪的指甲一般，像是只对酒店住客开放的水上高尔夫球场的一部分。

在两人彻底闹僵之前，高更和凡·高计划在塔希提岛建一个“热带画室”。近来，首府帕皮提给人这样的感觉：要是埃里克·侯麦[2]想拍一部热带地区的电影，他可能会来这里。在这部电影里，什么都不会发生，场景像一个法国小镇，你永远都不会想在这里度假。这种地方之所以存在，主要就是为了凸显其他地方更有意思。如果你来的时候不幸赶上星期天，到处都关着门，那就更没劲了；不过，反正可看的东西也没多少，到了星期天，“没多少”就变成了“什么都没有”。我们或许

① 安德烈·古尔斯基（Andreas Gursky，1955— ），德国摄影师，其摄影作品多以高角度、大尺幅的景观建筑照片闻名。

② 埃里克·侯麦（Eric Rohmer，1920—2010），法国电影导演、编剧、制片人。

会这样想，高更在十九世纪末第一次来到这个地方的时候，情况一定非常好，但事实是高更已经来晚了，他来的时候，这里已经“众所周知沦为南太平洋诸岛中被‘文明’破坏得最严重的岛屿”。我记得有位艺术史学家曾在文章里说它是“伊甸园和失乐园”的象征。而只有在高更的画里，它才是复乐园，重塑的天堂。

当库克船长来的时候，这里的确风光旖旎，如同旅游手册里展示的风景画面那样美。我去了库克船长和“邦蒂”号船，以及天晓得还有什么人靠岸登陆的一个叫作金星岬的地方，它是塔希提岛最负盛名的海滩（塔希提岛和巴厘岛一样，虽因海滩出名，但实际上并没有什么好的海滩），有几个人在那里晒日光浴，玩水。沙子是黑色的，让人感觉这地方和伊甸园截然相反，就像一张黑白相反的底片，你能用这底片冲印出一张绝佳的度假照片来。或许是我自己被时差搞得晕头转向了吧。

“我们比伦敦早十小时还是晚十小时？”我问导游乔尔。

“晚，另一方面，新西兰只晚一小时，但它又比我们早一天。”他这话说得简明利落，但却几乎矛盾，十分费解。几乎是出于同样的原因，乔尔接下来的话也听起来怪怪的，这话乍一听好像很简单——“星期天的时候，这个沙滩上挤满了人。”——我的脑子有几秒钟没有转过来，仔细一琢磨后才反应过来：今天就是星期天啊，而沙滩差不多是空的。好吧，也许这里没有“挤满了人”，但它却充满了历史感。然后，有那么一刻，我觉得信心十足，体会到了那类备受推崇的英国小说家的感觉。就是那种人，跑到一个像这样的地方，来了灵感，要写一部史诗巨著，一部杂乱的模仿历史的作品，在其中设置众多人物，尽其所能地浪费读者的时间，而说到底，其实只是编造了一个无聊的故事，看得读者哈欠连天。想到这里，我似乎已在瞬息之间一挥而就，完成了一部这样的小说，满满七百页的长卷。

离开金星岬，我们继续环岛之旅，一路来到了提阿胡普。

“你喜欢冲浪吗？”乔尔问我。

“是啊，喜欢看。”我回答。

“那很好，这里有国际冲浪锦标赛。”

“太棒了！你是说现在吗？”

“差不多。”这是个难以捉摸的答案，言下之意，要么比赛明天开始，要么昨天刚刚结束，又或者我们到的时候正在进行，但这种可能性最小，其实根本没有人在冲浪，更确切地说，是根本没有海浪，除非你要把这个词扩大理解为“海面”（如“没有浪头的海面”）。海面风平浪静，就像一块水分饱满的薄饼。我感到有一种模式渐渐浮现出来：一有期待就会落空，一有希望就会失望。一个月前，在波士顿，这种模式已初见端倪。

高更的大作《我们从哪里来？我们是什么？我们到哪里去？》（*Where Do We Come From? What Are We? Where Are We Going?*）被收藏在波士顿美术馆里。就在我飞塔希提岛前不久，纯属机缘巧合，我生平第一次来到了波士顿。我一直想看这幅画，盼了至少十年，这次我终于有机会，在（套用游记作者喜欢的说法）“循着他的脚步”去南太平洋之前先一睹这幅画的真容。虽然这十年间我在忙其他事情，但我也一直在等着能亲临波士顿。现在，我终于来了，终于到波士顿了。我在美术馆里游荡着，甚至没有刻意去找那幅画，虽然我明知它就在那里，我还是希望如命中注定的那样，能在不经意间撞见它，就好像我根本没料到它会在那里一样。在两次看见特纳的《奴隶船》[1]和德加[2]的《赛马会上》(*At the Races*)的定格画面，三次看见比尔斯塔特[3]的《约塞米蒂河谷》(*Valley of the Yosemite*)之后，我开始怀疑自己已经在这大得让人虚脱的美术馆里把每个房间都逛遍了。我信马由缰地晃了差不多一个小时，却连一眼都没有瞟到那幅我专程来看的画。最后，我向一名接待员打听《我们从哪里来?》去哪里了。他从一种奇怪的茫然状态中抬起眼来，一副精疲力竭、无聊得失了神的样子，仿佛只想坐下来解放他的双腿，但同时又热切地想要回答每一个问题，纵使这问题他之前已经听了一千遍。他说这幅画目前不展出，画正在修复还是被借出去了，我想不起来是哪种情况了。谢过他之后，我迈着沉重的步子，被失望压得喘不过气来，简直像被他施了咒一般，使得地心引力陡增至三倍。如果此时我能看到一幅画，此前从没见过它的复制品，也从没听说过画家的大名，

① 约瑟夫·马洛德·威廉·特纳(Joseph Mallord William Turner，1775—1851)，19世纪上半叶英国学院派画家的代表。《奴隶船》(*Slave Ship*)是其于1840年创作的一幅油画作品。

② 埃德加·德加(Edgar Degas，1834—1917)，法国印象派重要画家。

③ 阿尔伯特·比尔斯塔特(Albert Bierstadt，1830—1902)，美国画家，其画作多以风景为主题。

在这希望落空前的跋涉寻觅中，在美术馆浩瀚的馆藏中，我不知怎的就把它给漏了，如果真有这么一幅画出现在眼前，那么，这一下午的失落是可以得到弥补的，我被下的咒连同整个世界的重压也会被解除；但在当时，我看不到任何补偿的机会。我就这样与这幅杰作失之交臂，这是一次受挫的朝圣之旅（这可不只是白跑一趟那么简单），我因此觉得高更的画所提出的宏观课题必须补上另一些更具体的问题。为什么我们要在一星期中的这一天——在这个特定的城市里，我们唯一有空的一天——来到这个美术馆，而这一天我要看的展览偏偏关闭了？为什么在这场为期四个月的轰动性的展览一再续展后，我们偏偏在它结束之后的这一天才来？为什么这一天我们想要看的画被借去了我们一年前去过的城市，而这里的主题展是我早在六个月前就在哥本哈根看过的保罗·克利[①]的回顾展？答案可以凑合着从沃尔克·施隆多夫[②]的电影《玻璃玫瑰》（*Voyager*）里的一段

① 保罗·克利（Paul Klee，1879—1940），瑞士画家。作品以油画、版画、水彩画为主。

② 沃尔克·施隆多夫（Volker Schlöndorff，1939— ），德国电影导演、编剧、制片人。

有趣的对话里找到，这部电影改编自马克斯·弗里施[①]的小说《能干的法贝尔》（*Homo Faber*）。法贝尔（山姆·夏普德[②]饰演）问一个非洲人卢浮宫什么时候开放。“据我所知，它从来都不开放。”他带着一种威严的漠然态度很有智慧地回答了这个问题。而这一切衍生出了另一个更加让人困惑的问题：看到和没看到有什么区别？或者更确切地说，看到塔希提岛和没看到塔希提岛、去塔希提岛和不去塔希提岛，这之间有什么区别？答案其实是针对一个完全不同的问题的：你有可能去了塔希提岛，却看不到它。

我至少在塔希提岛植物园内的高更博物馆里领略了《我们从哪里来?》这幅画的大小，这里挂了一幅一比一的复制品。在画的正中央，有一个雌雄同体的人伸手在摘树上的果子，很难说这是在象征什么，画里还有很多其他的象征元素。高更是一个象征主义者，这意味着他的作品充满了象征元素，甚至颜色都在象征着什么——虽然似乎更多时候象征着我们没有能力去充分诠释它。

---

① 马克斯·弗里施（Max Frisch，1911—1991），瑞士戏剧家、小说家。

② 山姆·夏普德（Sam Shepard，1943—2017），美国演员、编剧、导演。

当然，不是所有人都有耐心去做这种尝试。D.H.劳伦斯从澳大利亚去旧金山，中途曾在塔希提岛短暂停留过。对他来说，高更“柔婉有余，易伤感，他的神话很可悲”。高更的这个视觉神话世界——融合了毛利、爪哇、埃及，以及从他逸雅意趣的角度看属于普世性原始文化的各种元素的大杂烩——在《我们从哪里来？》这幅作品中表现得淋漓尽致。然而这个故事，或者说这个传奇（即关于高更一生的传奇），里面最具神话意蕴的内容，就是高更完成了这幅作品后便企图自杀，结果却因为药剂过量（要不就是过少）没死成。活过来后，他开始思考答案，他将答案以问题的形式表达出来，而问题则以绘画的形式被表现了出来。然后，这幅画也和其他作品一样，被卷起来运回了法国，他创造出来的那个世界几乎没有留下任何痕迹。很有可能在某些日子里，他会在醒来时问自己：“那一大幅画去哪了？”然后，他坐在床边，挠着发痒的腿，想起来它已经被运走了，得再画一幅新的了。在高更博物馆里陈列着所有画的影印件，小小的，标有文字说明，告诉人们这些画作漂流到了世界的哪些地方：莫斯科的普希金美术馆、纽约的现代艺术博物馆、巴黎的奥赛博物馆、伦敦的考陶尔德画廊。不过，有四十幅画作因为一百周年庆典而被暂时送回了岛上。毕沙罗[1]曾刻薄地评论高更：“（他）总是在别人的地界偷猎，现在他又在大洋洲的生番部族那里连偷带抢。”毕沙罗这么定调之后，近年来开始流行把高更视作帝国主义冒险自肥行径的化身。从这个角度来看，他的作品的回归也算是一种补偿的姿态，但如果就此推断，这些岛民中，支持波利尼西亚脱离法国的呼声很高，那就大错特错了。相反，这里的人害怕的是法国有一天会斩断和这些岛屿的特殊关系，停止输血，不再提供他们极度仰赖的资金支持。

离开博物馆后，我们又去了马泰亚和普纳奥亚（目前是帕皮提的郊区，没什么特色）。高更在那里生活过，还在那里创作了他最著名的几幅作品。我突然有了个念头，高更也许用黄色来代表香蕉，但除此之外，大脑一片空白。我无法从高更的角度来思考，无法透过他的眼睛来看这世界，我站在那里，看到高更所看到的，却完全无法像他那样通过眼睛去领悟到什么，甚至连一丝感觉都谈不上。尽管如此，我在那一刻还是意识到了伊斯兰教的动人之处。一个穆斯林信徒踏上一生一次必

① 卡米耶·毕沙罗（Camille Pissarro，1830—1903），法国印象派画家。

修的麦加朝圣之旅，不可能——甚至无法想象——会经历失望。这就是宗教朝圣和世俗拜谒的关键差别吧——后者总是让你有失望的余地。意识到了这点后，我又想到另一点：我能感受失望的这种强大的能力实际上是一种成就，是一种胜利。失望的惨烈及其折磨人的频率（高更哀怨地吹嘘："我很沮丧，但没有被打垮。"）恰恰印证了我对这个世界仍怀有的期待与憧憬，反映了我对它还抱有的厚望。一旦我失去失望的能力，浪漫也将随之消失，那我还不如死了算了。

A Faaohipa noa i te taime ati①

没法再拖下去了，这个不能问的问题急着要脱口而出，不是"我们到哪里去"，而是"那些女人是什么样的"，她们是未被尘世浸染的甜心宝贝吗？高更比谁都迫切地想要回答这个问题，答案很明显，是的，她们是未被尘世浸染的甜心宝贝，生活在甜美瑰丽的天堂，没羞没臊，无所顾忌。高更的许多名画画的就是塔希提岛

① 毛利语，大概意思是：Just use the time of adversity，即"利用逆境"。——译者注

的天真女子，她们年轻又性感，吃着水果，看上去随时都乐意和身患梅毒的老色鬼上床，即便他满腿都是湿性湿疹。当然，他也是位杰出的艺术家，但她们不知道，那时候，他可没有像现在这样出名。要想了解他作为一名艺术家如何了不起，你必须得懂艺术，但她们不懂，因为她们之前什么艺术作品都没见过。对她们来说，他只是个老色鬼，总想哄着她们把衣服脱了，她们倒是很乐意这么做，即使那些煞风景的传教士比高更先来一步，令当地人皈依了无聊的古基督教，要求她们把胸部遮起来，穿上一种叫作哈伯德大妈罩衣（Mother Hubbard）的大袍子，这样的袍子毫无线条感可言，套在身上实在不太好看；但高更知道，藏在那哈伯德大妈罩衣下的，就如同二十世纪八十年代一则著名的英国广告里说的那样，“都是惹人爱的”，那如熟透的蜜瓜般诱人的乳房也还在，并没有因为被衣服遮盖着令肉眼不可见而少一分动人之处。她们也许不知道他是位伟大的艺术家，但是高更很自信，他相信自己的才华可与马奈[1]比肩，人家马奈画了一幅《奥林匹亚》（*Olympia*），他受

① 爱德华·马奈（Édouard Manet，1832—1883），法国画家，十九世纪印象主义奠基人之一。

了刺激，也去画了一幅很色情的画，一个波利尼西亚裸女，在一个绝佳的年纪——差不多十三岁——还是个女孩，也已经算得上是个女人了。刚开始，高更没有画太多，他只是想要用眼睛去看，弄清楚当地人的脑袋里在想些什么。他阅读关于毛利艺术和艺术家的书，这多少有点帮助，但他是一名艺术家，用眼睛看是艺术家所特有的理解方式。以前的外来客注意到了当地人的优雅与沉静，但觉得这是迟钝或无趣，高更则“从他们的姿态节奏与奇怪的静止状态中看到了不可名状的庄严和宗教意味，从做着梦的眼睛里看到了深不可测的谜团表面的涟漪”。除了想弄清楚他们的脑袋里在想些什么，他也急着想扒下她们的裤子，在这片殖民地上的其他法国人对此可不太赞成，甚至可能还有点嫉妒。

当时高更所处的那个年代就是这样的，那现在呢？对此，我能给出一个很好的答案。那天我正赶上媒体在我下榻的豪华酒店里，给入围塔希提岛小姐决赛的佳丽拍照，她们就像是直接从高更的画里走出来的那样。所以，是的，塔希提岛女人真的很美，尤其是当她们年轻的时候。然后，几乎在一夜之间，她们就胖得不可思议，就像被她们发现了《肥胖是女权问题》（*Fat Is a Feminist Issue*），便狼吞虎咽地吃了下去，可不只是读，她们还吃掉了它，男人们也不服输，变得更胖，这就像一场两性之间的卡路里较量。这里最流行的运动是划皮划艇，但波利尼西亚人真正擅长的是举重，也叫作行走或者站立。每次他们把自己从椅子上拔起来，总能保持或者超过之前的个人最好成绩。虽然皮划艇本质上是狭长形的，但在塔希提岛，想必是经过了改造和演变，总而言之，艇的体积被扩大了，以此来适应当地特有的另类达尔文学说——肥者生存。他们体形庞大，从厚厚的脂肪深处瞪着你，似乎已在层层肥肉的包裹下进入了冬眠。（按塔希提岛的标准来说仍算苗条，但在世界上的其他任何地方都算得上是肥硕的。）乔尔说，塔希提人之所以这么胖，一部分是因为波利尼西亚人均糖分摄入量居全世界首位。他说这话的时候，我正在尝一罐叫作南太平洋岛菠萝的饮料，罐子上用硕大的字体标榜着"人工调味"，就好像缺乏天然成分反而是个大卖点。细看上面的文字，你会发现这一罐饮料里所含的迷幻药比另一个岛屿天堂伊比沙岛上的夜总会里的都多。这也是我尝过的最甜的饮料，甜度比其他饮料高出了一大截，这一个人体验也印证了乔尔所说的，在与糖分相关的疾病中，波利尼西亚的糖尿病患者人数居世界第二，心血管疾病患者人数位列世界第三。乔尔如数家珍，虽带着几分惊恐，但也不乏自豪，就好像在这个因糖分所致的疾病榜上位列前茅不仅仅是这个国家肥胖问题的根源，而且还是它了不起的地方。

乔尔夸耀的另一点，是他们有着全世界最贵的电费账单。事实上，如果不是这样，那倒奇怪了，因为这里什么都特别贵。所有的东西都是从法国进口的，等绕了地球一圈到达这里时，价格已经成了欧洲的千倍。一个星光灿烂的夜晚，我坐下来准备吃饭，一名服务生晃过来向我解释这个水上餐厅和酒店另一处景致普通些的餐厅之间的区别。

“这个餐厅提供的是精品级的料理。”她说。

“首先是天文级的价格吧。”我打趣道。

餐厅的价格贵得如同天文数字，这意味着我最终只能像高更一样，“干面包就着一杯水，让自己相信这是一块牛排”。这只是打个比方罢了，我实际在吃的是青花鱼配香草汁，住在这里的这段时间里，我每天晚上都在吃这个。青花鱼正当季，香草又是不值钱的东西，因为它长在树上嘛，但还是贵得要命，而且吃起来像人造香精，完全是视口香糖为顶级精致料理的人所钟情的口味。

这种程度的花费不仅意味着东西很贵，还意味着我身边的食客和游客年纪偏大，他们通常是邮轮乘客，有点儿古板，而且总是成双结对的。我被这些老夫老妻包围着。在进餐时，这些喃喃低语的夫妻为了互相消闲解闷，把一块块碎面包丢进海里给肥硕的鱼儿吃。无限量供应的自助餐创意被沿用到了海上。这些鱼儿被驯养得简直成了精，如果有手指的话，它们会直接签单把消费记到房间的账上吧。大海被这样驯化的事实进一步加深了此前我在岛上形成的一个印象。此刻，我对一个乐观的澳大利亚人说出了心里的想法。他也是个落单的游客，和他凑在一起，我是想获得一点心理安慰。

“我们根本不是在波利尼西亚，”我说，“我们是在维加斯一个叫作塔希提岛或者‘邦蒂’号的赌场里。”

“但你看看那边，”他说，“看看那美丽的大海。”

“显然，你最近没去过维加斯。”我说。

我们只聊了五分钟，但这已经足够让他成为我在塔希提岛上最亲密的朋友了。我问我自己，国际派对场上的现代原始人去哪里了？我喜欢和这些文身穿孔、扎着细发辫的人混在一起，虽然我不能把自己算成和他们一伙。如今，哪里都看不到他们，他们已沦入无处可见的境地。可就算哪里都看不到我的身影，就算我独自一人窝在房间里，我也还是有点尴尬。这片曾经浑然天成的人间乐土，如今却得靠人工雕琢才能使它看上去百分百自然。我发现尴尬不仅仅是一种大庭广众下的情绪或反应，当没有人看着你的时候，你也有可能在私下里感受到这种情绪，意识到这点挺有意义的，虽然毫无用处。如果尴尬能这样内化成别的什么，如果它能演变成一种领悟或者决心，那还有点意思。但通常，这种情绪只会像脸颊上的红云一般挥之不去，你越急着想要撵走它，它反而显得愈加绯红。

Tei raro ae the hatua poito i to outo parahiraa[①]

在塔希提岛待了两年后，高更回到了巴黎，当他再次来到塔希提岛的时候，他已经不喜欢这个地方了，因为在他离开的这段时间里，一切都发展了起来，这地方对他来说已经不够原始了，于是他决定去一个更偏远的地方——希瓦瓦岛，这个岛位于塔希提岛东北，隶属于马克萨斯群岛。实际上，他直到1901年才到那里，在此之前，尽管他成天抱怨，满腹牢骚，但始终没有丧失

① 毛利语，大意为：The key factor is below your seat，即“关键就在你的座位下面”。——译者注

艺术信仰，正是这种信仰支撑着他，令他相信任何经历都有利于艺术创作。也就是在这段时间里，他创作了一些杰作，其中不乏以塔希提语命名的作品，比如Merahi metua no Tehamana[①]与Manao tupapau[②]，他的塔希提语烂得很，有时候这些画名根本不是他所要表达的那个意思。然而情况常常变得很糟糕，有时候，他发现自己已经处于绝望的边缘，但在最后一刻，总会发生些什么，把他拉回来或者推过去——如果他真的越过去了，倒成了一件好事，因为对于高更来说，越过这一边缘有一种进入天堂的意味。坦率地说，他是他自己的艺术作品的殉道者。有一幅画叫作《各各他[③]边的自画像》（*Self-Portrait near Golgotha*），这是用他自己的方式在表达：尽管生活极为艰难，但是像这幅他在各各他边的自画像般的画作可以抵消世间所有的不如意。其他画都被运回了法国，唯独留下了这幅《各各他》，他把它带到了希瓦瓦岛，让自己痛苦的样子陪着自己，逗自己开心。就如凡事皆有寓意一般，这其中也包含着一个寓意：天堂

---

① 中文大意为“特哈玛纳的先祖”。——译者注

② 中文大意为“死亡的幽灵在注视”。——译者注

③ 各各他（Golgotha），又称各各他山，据《圣经·新约全书》记载，主耶稣基督曾被钉的十字架就在各各他山上。

或者我们称之为天堂的地方常常是某种“各各他”。许多游客的经历足以说明这一点，比如他们因为西班牙的航空管制员争端而被困在盖特威克好几天，或者发现所谓的豪华别墅其实是一堆断壁残垣，而且管道也存在问题，结果年年的假期美梦都成了噩梦。然而，高更可不在乎这种事，对他来说，一间简陋的小房子就够了。他不渴望豪华的水上别墅，但是他自己的管道——也就是他那可怜巴巴的老二——正变得越来越糟糕，这让他很是心烦，说实话，没有一个心智正常的人肯消受他这玩意，除非有一大笔钱可以拿，还有一个疗程的高剂量的盘尼西林。

乘飞机去希瓦瓦岛花了三个小时。在高更所处的年代，你不可能直接跳上飞机，想飞哪儿就飞哪儿，坐船一定很费时间，因为路程的确很长，即使是现在，塔希提岛的人还是觉得希瓦瓦岛远在天涯海角，所以，他确实离家走了很远，如果再走远一些，离家反而近了，毕竟地球是圆的嘛，像个瓜一样。

在偏远的海岛上，生活遵循着一个单一的法则：无所事事，要么彻底垮掉。高更也未能幸免，尽管他还在继续工作，但很多时候都在同神父和法官打嘴仗，通常都是在招人嫌。他没有停下画笔，但创作的黄金期已经过去了。有一天，他就这样死了，一个朋友咬着他的头皮，想唤醒他，但这已经没用了，这一次，他是不会再活过来了。他和一些观摩十三岁女孩裸体的亡魂聚在了一起，就如同那幅以“Manao tupapau”命名的臭名昭著的作品所呈现的那样，他说很难分辨是她梦见了可怕的鬼魂，还是鬼魂梦见了她，尤其是她那一览无余的臀部；他也和一些名垂千古的亡魂聚在了一起，加入了西方艺术大师团队，他和他们站在了一起，还看得到唱诗班，他想要自在地享受死后的美名，摆脱他诡异的人生的拖累。

高更被葬在阿图奥纳村边上的墓园里，墓地上有块刻着他名字的石头，还有一棵树。这地方，你最多停留两分钟就够了。对我来说，参观这墓地真是浪费时间，一点意义都没有，不过这也可能是因为几分钟后，我来到了另一块墓碑前，墓碑的主人我从来没有听说过：

NAOPUA A PUUFAIFIAU, SOLDAT:
MORT POUR LA FRANCE 1914-18[①]

① 法语，中文大意为：军人，为法兰西而亡，1914—1918。——译者注

法国到处都有像这样的墓碑，但是没有一个如此强烈地反映了那场灾难的规模——它不仅席卷了欧洲，甚至波及了全世界。设想一下，有个人出生在这里，这个天之涯、海之角，竟然也会被卷入第一次世界大战。高更的移动轨迹是离心的，从中心到边缘，这个轨迹被一个相反的、向心的移动轨迹抵消，有人从世界的边缘被推到了历史的中心。从那一刻开始，即使身处天堂，也不可能不被历史影响。由此，我们可以倒过来想，我们（按历史经验构建起来的）关于天堂的概念反映的恰恰是未受历史浸染的世外桃源。

按计划，参观好墓地，我需要在文化中心逗留一小时。这个地方是照着高更给自己建的房子复制的，但这里有个小问题：文化中心压根就不存在。事实上，我看到的只是未来文化中心的落成地（也就是一个建筑工地），它几乎和世界上其他的建筑工地没什么两样，但他们已经开始复制高更亲手做的立在他的享乐屋门口的门框，上面刻着："Soyez Amoureuses et Vous Serez Heureuses.[①]"

① 法语，中文大意为："坠入爱河，你即得快乐。"——译者注

然后，当天的高潮出现了——我有幸看到了从高更的井里找到的一些东西。事实上，这样说有点夸大，我应该说那些是残骸或碎片：几个破瓶子，一些陶制餐具的碎片，几只罐子，一支注射器，一些吗啡针剂，几团结块的颜料。这些东西，一方面只是一堆陈年废物而已，另一方面，它们仍不失为一堆陈年废物，但从未有如此具有说服力的展示品来证明艺术如宗教、艺术家如世俗的殉道者般的地位。在我们这些朝圣者眼里，这些吉光片羽的神圣程度不亚于基督的凉鞋或卢尔德圣地的任何圣物，但这种来自俗世的崇拜至少还带着点诚实和质疑的优点，就如馆长所说的，虽然这些东西是在高更的井里找到的，但是，“我们不能确定这就是高更的，不过很有可能就是他的”。

希瓦瓦岛的美并不是我所期待的那种美，因此，我到后来才意识到它其实很美。它看起来既有热带风情，又有非热带的感觉，似乎集齐了这世上所有的树种。这不仅是土壤肥沃造成的结果，还得益于长期的贸易交流。乔尔跟我们说过，不知道是库克还是（《叛舰喋血记》[1]里的）布莱斯把菠萝从其他地方——我想大概是从夏威夷——带到了塔希提岛，然后带走了面包果或是诸如此类的东西，我想不起确切的细节，不确定葡萄到底是本地原生的，还是从外地引进的。不管怎样，当我被领着穿越丛林的时候，看到的葡萄及其他品种的水果和鲜花似乎都很乐意在这里落土生根。与其说这片丛林里的有些地方像（海关职员）卢梭的那个郁郁葱葱的热带天堂，倒不如说更像是舍伍德林区。岛上有些地方植被葱郁，另一些地方则是山石嶙峋的不毛之地，云雾缭绕，一片荒凉。这一现象，连同品类齐全的植被，都意味着它不断呈现出类似于其他地方的特征，但它主要还是像被破纪录的高温笼罩着的瑞士。我根本没料到会这样，我原以为能看到当地的艺术家还在传承着高更的传统，但我马上就认识到，马克萨斯群岛乃至波利尼西亚绝大多数地区的真正的艺术是刺青。那里的每个人身上都有刺青，其几何图形的精密性、密集性和复杂性着实令人咋舌。曾几何时，刺青就像写在身体上的履历，传

① 《叛舰喋血记》（*Mutiny on the Bounty*），1935年美国电影，由弗兰克·洛伊德执导，讲述“邦蒂”号军舰上的水手们由于不满舰长的凶残而发起叛乱的故事。

递着各种信息：你的爸爸妈妈是谁？你祖先的名字是什么？你从事什么职业（武士、贵族）？高考分数多少？甚至还有，你上星期四中饭吃了什么？波利尼西亚人用刺青来回答“我们从哪里来”和“我们到哪里去”——这些问题，宗教已经给出了答案，而对于信奉尼采哲学的人来说，这问题本身就是不让你回答的。

虽然传教士埋葬了在基督教传入之前波利尼西亚人信奉的多神教（还曾一度禁止刺青），但还是有一些最近发掘的圣地可供人参观，其中让人印象最深的是在希瓦瓦岛的依坡纳神庙，那里有五尊纪念像，也叫作提基神像。

我其实不是很想去，这有几方面原因。我时差倒不过来，每天晚上还睡得越来越少，在原来时差的基础上又变本加厉地累积了新的时差；而且我还长了可怕的痱子，其折磨人的程度丝毫不亚于高更的湿疹，我满脑子想的就是有没有药膏可以让我缓解痛苦。

几天前，在痱子大爆发之前，我们走访了另一个考古遗址。这地方规模虽小，给人带来的失望却大得很。现场有一些黑魆魆的石头，为了让它们显得有趣些，导游喋喋不休地介绍活人祭和食人肉的风俗，我站在那里充耳不闻，装成一副洗耳恭听的样子。

离开这里前往另一处位于泰奥阿、在阿图奥纳附近的遗址令我获得了片刻的解脱。然而这个遗址的提基神像已被侵蚀殆尽：一颗像沙滩球那么大的圆石，上面依稀可见人脸的残余痕迹——几道缝是眼睛和嘴巴，鼻子勉强还有一点痕迹。从审美角度来说，它可以媲美《荒岛余生》[①]里汤姆·汉克斯[②]对其产生深厚感情的那只名为威尔森的排球。当汉克斯艰难求生时，他渴求有某种东西能让他寄托信仰和希望，而这种渴求差不多成了跟温饱一样基本的需求。这种东西——在这里，它是排球威尔森——从某种程度上回应了这一需求，承载起了那些希望的魔力。然而，泰奥阿这个地方则表明，随着时间的推移，那些信仰也会消亡，连神灵都有可能不得不委身于一小块雕琢过的残石来艰难求生。

最后就剩下依坡纳了。这一路以来的行程如此糟糕，我都已经做好了充分的思想准备来迎接一个前所未有的失望：它有可能就摆在我面前，我都认不出来，现场的东西少得可怜，以至于我到了目的地，都以为还没

① 《荒岛余生》（*Cast Away*）是由美国导演罗伯特·泽米吉斯执导的一部剧情片，讲述一名因飞机失事被困荒岛的工程师的故事。

② 汤姆·汉克斯（Tom Hanks，1956— ），美国影视演员。

到。然而事实证明，这种担忧是完全没有根据的。

这一片丛林被清理过，空中密密麻麻地飞舞着蚊虫。刚一走近，我就感觉到一股引力。我是说真的。波利尼西亚最大的一座主提基神像就在这里，矮墩墩的，浑圆且强壮。这个地方有一种不容置疑的力量，就连树叶都意识到了这种力量，能感受到它，并融入了它。在某种程度上，这并不令人意外，这里一定有什么东西在岛中央潜伏着或者被埋在那里。这种地方必然有一种由内而外的舍我其谁的自信，而陌生人或访客虽然不见得能参透这种自信，但谁到这里都能感受到这种气场，否则就是咄咄怪事了。

神像浑圆的脸上被风雨侵蚀得五官积了厚厚的苔藓，强调着岿然不动的决心，更别说是滚动了，连轻微的挪动都不曾有。你必须对它所代表的信仰一无所知，才会觉得它是最接地气的神灵：它生了根一样扎在原地，就像一名保加利亚举重运动员正准备做一个破纪录的挺举动作，或者沿用前面的比喻，像一个永远都不打算腾出座位的塔希提人。这是拉金神，它停在原地不动。我也想停在原地不动，或者至少不急着跟着导游的节奏走，我想给予这位神灵应有的尊重，同时享受一种最单纯的感动（虽然远不止这些）：我很高兴我来了。

第二天，在从酒店走去阿图奥纳的路上，我又有一个重大发现。我去阿图奥纳是想在那里上网查查邮件，再买点药膏来缓解一下痱子日益严重的折磨。这是村里的一个足球场，球场两侧的边线外被各种落叶树占据着（这里可不搞分群隔离这一套），另一端则只有站票，是棕榈树的专区，这些高个子一起摇曳着，它们好像在说“你永远不会独行”[①]，或者更确切些，是在说“你甚至永远都不会走”，毕竟它们这些球迷只能同安乐，不能共患难，只会看看主场赛事。风时不时在场上的林木间扬起一阵波浪舞，场地好像被啃掉了一截，球门也破旧不堪。这里没有球员，只有一条拖着涎的狗在边线处热身。

一百年后（或者保险点，一千年后），当它芜没于丛林之中，又被勇敢的考古学者发现，劈开层层植被之后，这个地方应该会显现出一种灵气，就如同依坡纳神庙或者许多其他看似丧失了意义的地方所具有的那种灵气。设想一下，在植被的掩埋下经历长期的不闻不问之

① 《你永远不会独行》（*You'll Never Walk Alone*），利物浦足球队的队歌。——译者注

后，只有极少的一点足球知识被传承下来，迭戈·马拉多纳[1]的某张照片和一些零星的比赛结果（巴西2∶英国1）由于年代久远且缺乏背景知识而显得毫无意义。这地方毫无实际功用，没种庄稼，没建房舍，是一块“自留地”，它的存在意义是自洽的，一些人甚至谓之“神圣”，它谨守己命，自成一统，孑然世外，那么仅凭这一点，这地方就具备了不寻常的特质。我们会这样想。我们也会因此推断两边的长方形球门就是当年人们礼敬的圣坛，有人曾以那神之名做出英勇牺牲，那是某种癫狂行为或是某种奇异而单纯的信仰的遗迹，如果我们这样推断，那么这离事实也不算远。你会觉得这曾是一处欢庆与伤痛之地，但这种印象最终会被一种铺天盖地的徒劳感代替；你会感觉这里曾经是实施某种（宗教）仪式的场所，这种仪式自有其规则，这套规则没有道理可言，但却能产生意义，如果没有这套规则，这个地方就不会存在。我在想象这样的场景，将来有一天，球网不见了，边线也模糊不清了，然后突然意识到它已经是这副样子了，这一发现继而又令我认识到一个一直以来显

① 迭戈·阿曼多·马拉多纳（Diego Armando Maradona，1960— ），阿根廷足球运动员、教练员。

而易见的道理：许多空间上的旅行实际上是一种时间旅行，我实际上是一个来自千年后的游客，回到这个地方来苦苦探索它的意义。

我在就近的球门后面坐下来。这样看过去，这个球门就把另一边的球门框在了里面，球门里的球门，这是个令人愉悦的画面，在这个画面中，那个（远处的）球门就替代了你通常想要投进去的那个东西（球）。我坐在那里，看着球门里的球门，想起了唐·切利[①]、查理·海登[②]、杜威·雷德曼[③]和埃德·布莱克威尔[④]的唱片《玩》（*Playing*）。一如ECM[⑤]的唱片惯有的风格，这张唱片也有着很出彩的封面：空荡荡的球门的门柱，很白，衬着深绿色的树墙（几乎是一片树林），球门前面

---

① 唐·切利（Don Cherry，1936—1995），美国爵士乐小号手。是二十世纪六七十年代世界融合音乐（World Fusion）的先锋。

② 查理·海登（Charlie Haden，1937—2014），美国爵士乐低音提琴手、乐队领队、作曲家。

③ 杜威·雷德曼（Dewey Redman，1931—2006），美国萨克斯乐手、乐队领队。主要演奏自由爵士（freejazz）。

④ 埃德·布莱克威尔（Edward Joseph Blackwell，1929—1992），美国爵士乐鼓手。

⑤ 德国唱片品牌，以出品爵士乐著称。

的球场是颜色浅一些的绿地，小禁区和罚球区的线已经看不出来了，于是球门成了某种有形的、抽象的东西，球场几乎就是一片草地了。

正因为我认识这张唱片里的所有音乐家，所以才买下了它，但对拍摄这张封面照片的人却一无所知。唱片的封底提到了他，但我没有留意，反正那时候，他的名字对我来说也不会有任何意义。直到几年后，我才真正认识到这名摄影师是何方神圣。有一天，我在看柳基·西里[①]用柯达彩色胶片拍摄的照片时，翻到了这张照片：往往在这种情况下，同一张照片多多少少又会有些不同。唱片封面上的森林缺失了一些细节，少了隐含的深度，而且草有些发黄，看上去更干枯一些，这也许是由于照片在复制过程中造成的失真，也可能是过了这么多年，我的唱片褪色了。然而最大的变化是整个画面在淡化的同时，又显得清晰了，这也许就是所谓的西里式风格吧。

与西里的许多其他照片一样，这张照片有一种沉静却强烈的自我封闭的风格。框里面的框——球门柱的框——把人的注意力完全限定在画面上（在《玩》这张

① 柳基·西里（Luigi Ghirri，1943—1992），意大利摄影师。

唱片的封面上，画面又被白色的封面背景多加了一道框）。至于在这空间外正在上演什么，在那一刻之后又会发生些什么，照片上没有任何提示，因为那上面就是这样毫无动静，没有任何活动的迹象，这是西里惯有的风格。它就像一个梦的定格。每张照片都清澈透明，充满了无穷的神秘感，让人舍不得翻过它，把目光转向下一张。你会很乐意就这样看着，等着，关注着。这种状态用“停留”来形容再恰当不过了，这也是我当下想做的事，就这样看着球门里的球门。

在球门里的球门这个逆向目的论画面的影响下，我发现框在希瓦瓦岛之行目的（拜谒高更之旅）外的，不是“缺乏一个更大的目的”，而是出现了“一个更大的目的的缺乏感”，一种吞噬一切的无目的感。然而，这并不表示就没有大的背景，这种背景在空荡荡的球场上被表现了出来，这个空荡荡的球场的目的就是要展示这里发生的一切，人类的辉煌和悲怆，英勇拼搏下的成与败，正是因为这个球场能持续存在下去，就算当事人消失，它也还在，这些事才有了意义。这也在我们的预料之中，但球场本身也很容易让人联想到它的没落：当它不复存在时，当它被草木覆盖、湮没时，漫长的遗忘像是一段插曲，又是最终被发现与复垦的前提。球场成了一张被遗忘的相片，刻画着被人重新想起、重新发现的那一幕。

Uputa[1]

高更去马克萨斯群岛的决定是符合岛上生活的精神病理学的。“波利尼西亚”的意思是“很多岛”，那些岛你全都想去，除了你落脚的这个岛。在飞往希瓦瓦岛的途中，我们经过了许多天堂般的岛屿和环礁。在希瓦瓦岛的这段时间里，我又知道了更多的岛屿和环礁，它们听起来一个比一个富有诗情画意，沙滩更美，海水更蓝。我在研究旅游指南和手册时，开始对高更产生了一种强烈的憎恨——他怎么偏偏就来了希瓦瓦岛，而不是波拉波拉岛或者赖阿特亚岛呢？我一通电话打到了塔希提旅行社（这家旅行社赞助了我的部分旅程），我说高更其实在波拉波拉岛上也待过一小段时间，但电话那头那个耐心的女士不觉得这样就应该调整我的行程。好吧，那胡阿希内岛呢？我问。但是高更没有去过那里

---

① 克罗地亚语，大意是：Instructions，即“说明、指示、教诲”。——译者注

啊，她说这话的时候已经有点不耐烦了。是的，我耐心地解释，但也许如今那样的地方才具备塔希提岛从前的吸引力，要是高更还活着的话，他也许会去塔哈岛，住进珍珠海滩度假酒店及水疗中心的水上别墅，在保持他野蛮天性的同时，也满足一下奢侈享受的现实需求。在这潮湿的热浪中，我的努力丝毫没有融化对方心头的坚冰。事情很快就清楚了，“我们到哪里去”这个问题正在变成一个令人头疼的与之对立的问题：“我们不到哪里去？”而答案是：所有我真正想去的地方。其他人觉得希瓦瓦岛是个天堂，如果真是这样，那也是我急于想被驱逐出去的天堂。有了这样的念头，你就会觉得伊甸园里长着苹果的那棵智慧树一定会让人醒悟到还有另外的地方存在。原本，亚当和夏娃在这里还是过得挺高兴的，直到那天他们吃了树上的苹果，这苹果味道可不太好，然后他们开始好奇：别处是否会有其他品种的苹果？是否能吃到来自别处的更脆、更甜的苹果？他们开始觉得也许还有一个更有意思的地方，那里的东西更好吃，他们甚至开始怀疑伊甸园也并非自己脚下的这片乐土，而是别的地方。不仅如此，他们还意识到这里面存在着商机，可以靠进出口苹果来谋生，把伊甸园当成人生目的地进行推广。由此，把世界历史尽可能精简，从那一刻演化到包价邮轮旅游和垒着各种异域水果的超级市场也就只是一步之遥了。

在希瓦瓦岛上，我想得越来越多的是“什么时候才能走”这个问题。我已经翻遍了岛上的一切，数着日子等待离开的那天到来。他们说过要安排一个当天来回的行程，去高更的孙子或曾孙子居住的地方，和他吃个中饭或者至少喝杯茶或咖啡，结果发现他不喜欢外国人，并不想见我。我倒无所谓，因为我自己也有一长串讨厌的人和事，而排在那一长串的名单前列的几乎就数名人的儿子、女儿、孙子或者孙女了。这些人来到这个世上就觉得自己与众不同。在嫌恶的大范畴里，我对这些儿子、女儿怀着一种特殊的蔑视。他们一边享受着血统带来的特殊地位，一边还抱怨被他们所承受的期望压制而无法施展身手，因为父母或者其中某一位的名望太高了，以致施加给他们的、敦促他们有所成就的压力往往使其陷入一事无成的尴尬境地。去你的，混账东西！

取消与高更的后人茶叙用餐的计划之后，我和几个游客准备乘船去附近的一个岛屿。载我们的小面包车到得有点晚，但没关系，因为车到港口的时候，船还没打算开。这就是在希瓦瓦岛的情形：盼着离开的这一大等待又包含着其他的小等待，人就这样被困在不同层级的等待里面。我一直在等着下一个等待的来临，而高潮将会是最后一天的等待，我要等着被送到机场，在那里等着飞机送我回塔希提岛，之后再等着经历飞行过程中漫长的等待到达洛杉矶（更多的等待），然后到达伦敦。在某种意义上，我们来这里的目的就是来等待的，用塔希提岛的说法，就是"盼（胖）着"。在等待的过程中，你必然会想一些其他的问题，不管你等多长时间，这些问题都挥之不去，提基一般一动不动，这也是电影《银翼杀手》[①]中复制人鲁特格尔·哈尔想要问的问题，这个问题通过影片高潮场面中出现的那段哈里森·福特的画外音被转述出来："我们剩下的这些人都想要问同样的问题：我从哪里来？我到哪里去？我还有多少时间？"然而这些大问题的答案最后都很小，或者说，如果想要恰如其分地回答这些大问题，就必须把答案一条一条详细地列出来。我们是来这里累计不可兑换的里程积分的，想要尽可能地在飞机上享受升舱，在酒店里享受客房升级的待遇，想要改变行程去波拉波拉岛和胡阿

① 《银翼杀手》（*Blade Runner*）是雷德利·斯科特（Ridley Scott，1937— ）执导的动作科幻电影，于1982年在美国上映。该片以2019年的洛杉矶为故事背景，讲述一群复制人寻找生存方法的故事。

希内岛，盼着网速能快些，网络能稳定些；我们是来这里忍受晕头转向和时差反应的，我们被想逃跑的念头持续纠缠着，想逃去法属波利尼西亚的其他地方，或者干脆去波利尼西亚以外的地方，最好离家近些；我们来这里后悔自己没带上别的书来读，心里挂念着那本遗失的高更传记的下落；我们来这里感慨食物味同嚼蜡，在痱子的煎熬下，后悔没有带上炉甘石液来缓解痛苦；我们来这里给心爱的人买礼物，再琢磨良久如何解释为什么不买——因为塔希提岛什么都贵，反正也没什么好买的；我们来这里忍受极度的无聊，然后寻思怎么会无聊到这种地步；我们来这里，是要在希瓦瓦机场等待出发，在这极度潮湿的空气中，切切实实地重温之前的那种感受——很高兴，我们来了——纵使它转瞬即逝，纵使有那么多时候我们希望自己没来；我们来这里，是要在飞机起飞和降落前系好安全带，收起小桌板，调直座椅靠背；我们来这里，是要离开这里，去另外的地方。

三

也许是地形上的一次偶然变化造就了某些地方的地貌特征。原本只是一处浅洼地，水分积聚后，河流贯穿而过，此处便成了供养大地母亲之神的丰饶之地。为了彰显它的特别，人们垒起象征阴茎或阴户形状的石台，希望借此提升它的能量，并把这种能量封锁起来加以控制。一对无儿无女的夫妻来到此地，轻轻地念上几句好话，当天夜里，妻子就怀孕了。消息传开后，人们千里迢迢从四面八方赶来，希望能有同样的好运降临，他们深信这个地方能令他们摆脱不孕不育这种难以启齿的痛苦。他们的祈祷果然应验了，有一阵子是应验了，但后来又不灵了。理由是显而易见的：遭遇旱季，河水枯竭了。然而，附近这些缺乏气象知识的居民已经离不开前来拜谒的信徒带来的收入，于是，他们就去向（也依赖这种信徒生意的）祭师请教该怎么办，最后，他们认定，唯一的办法是用几个处女或者少男的血滋润干涸的大地女神，他们还真的这么去做了。原本好好的地方就这样染上了血腥戾气，但它的神圣地位不仅没有因此而丧失，反而大大提升了。也许他们还扩建了简陋的石龛，造了一个更大的东西，大体是吴哥窟或者索尔兹伯里大教堂那样的风格。然后，在遭受一两次入侵之后，人们忘了它是什么地方，从此不再光顾，任它荒废下去。然而，人来人往发生的一切累积起来的效应并没有消失，它久久不散，渗进了地基；荒废没落后，原始的脉动反而呈现出来。即使如今只剩下几块石头，没人知道这里曾发生过什么，这地方也还是保留着D.H.劳伦斯在一篇关于陶斯村的文章里称作“结节性”的特质。

时间中的空间

我们来到了一个很不起眼的地方：莽莽荒野，孤零零一间农舍，还有一架风车。风车肯定一直在转，因为高原上正刮着大风。天空不单单是晴朗的，湛蓝色的，还令人感觉似乎到了未来，这里没有大气层——没有天空——把地球与太空隔离开来。灌木丛一直延伸到远处，远处有山，但即使是近处的东西也很远。地面是斑驳的迷彩色，尘土是有点泛干的、暗沉的土褐色，灌木蒿是灰绿色的，就像刚经历过一场干旱或冬眠一样。小屋附近——所谓附近，其实也挺远的，只能依稀可辨——地上杂乱无章地插着一根根棍子，挺多的，有些近一点，有些远一点，但最远的地方没有，就算有，我们也看不见。

小木屋里有三间卧房，屋里燃着一堆火，准确地说是颗粒取暖炉，但我们没有在里面逗留。屋外的空气很稀薄，很冷，太阳晒在脸上有点烫。每隔几分钟，风就会停息，这时候，空气是静止的，很安静，也不那么冷了。我们朝着那些棍子走过去，这才发现它们其实比我们之前看到的还要多，但很难说到底有多少根，因为还有很多看不太清，还有一些根本看不到，也许只有在回想的时候，当你明白了不为肉眼所见也是一种效果时，才会意识到它们就在那里。

走到跟前，我们才发现这些棍子不是棍子，而是柱子：抛光处理过的钢材在阳光下闪耀着。我走近的第一根柱子的下半段抹上了一道长长的蓝色，那是我映照在上面的样子，走了形，被拉得长长的，几乎面目全非。这些柱子的顶部是尖的，高度大约是我的三倍，它们完全垂直于地面，直径有两英寸，摸上去冷冰冰的，没有生命，无机的。如果这些高高竖着的东西是木棍，那就有可能是几十万年前种下的，但既然是不锈钢的，就显然是后来才有的。再过几百年，这些棍子还会立在这里，闪烁着未来的应许之光。

我们没有停下脚步，继续往前走，直到四周都是柱子，但是它们彼此之间隔得那么远，你很容易就会忘了它们的存在，没有被围困、被挤压的感觉，就像在森林里一样。然而，尽管置身于这个柱网之中，也还是很难发现有什么模式或者规律，除非你就站在一根柱子旁边，否则，实在没什么东西可看的。最吸引眼球的也就只是小木屋和风车了。小木屋矮矮的，紧紧抓着地面，下定决心不管面临什么样的外力——无论是气象方面的，还是经济方面的——都不移动半步。我们采取的是不同的对策，各自朝不同的方向分散开去，置身此地，有一股力量在鼓励我们各自离群而去，但同时，我们都感觉到了这种鼓励，因此想分开的感觉是共有的，这样一来，反而把我们共融起来。只有在看到别人，发现他们到底有多远的时候，才会意识到这个柱网铺得有多远。

天空还是空无一物，没有云，没有任何东西，也许这些柱子在这里起了作用，因为我们始终依靠设想和寻找对应的现实来理解这个世界。风很大，如果有一面旗的话，会被完全吹开，骄傲的、美国式的风格。可能是因为有这些柱子在，再加上有风，这就暗示着这里应该是旗帜飘飘的，但事实上一面旗都没有，不只是刚巧没有旗，而且此情此景让人感觉这里本就不应该有旗。

“我们是在一个大空间里的小群体，”伊森边说边走到近旁，近到能和我不费力地交谈，“这些柱子让你又回过头来面对一个简单的问题：它们能改变什么？它们的作用不大，但却是不容置疑的。”我们并排站着，看着远方，就像西部电影里那样，然后，我们又各自走开了。风很大，柱子在微微颤动，似乎在打着冷战。

过了一会儿，大家都回到了小木屋，我是最后一个进屋的，我看到其他人有的坐在门廊的木地板上，有的坐在木摇椅上，有的坐在板凳上，大家喝着香槟，看着我朝他们走过去。这就是你在沃克·埃文斯[1]二十世纪三十年代的照片里看到的那种小木屋，曾经看起来庄严但脏兮兮的建筑，如今却有着一种诗情画意，尤其当配上香槟和笑声之后，这种味道就更浓郁了。

“从某种意义上来说，这是全世界最棒的精品酒店。”杰西卡说这话的时候，我正走到门廊处。她说得对。那些糟糕的摆设，卫生间里潮湿的地毯、沉闷的窗帘和花团锦簇的床罩，这些东西，这里一件都没有，就只有这间木屋，这无处藏身的天地间唯一的一处藏身之所。

当太阳滑过消失了的天空后，那些柱子纷纷发芽般

① 沃克·埃文斯（Walker Evans，1903—1975），美国摄影家。擅长以都市为主题的纪实类摄影。

地长出了阴影，柱子的顶端一闪一闪的，就好像有星星停在那里。太阳开始向地平线下沉，把柱子的轮廓勾勒得愈加清晰。只是远近感难以把握，因为远近感根本不存在；或者更确切地说，相互冲突的远近感太多，层层叠叠，相互抵消了。虽然这些柱子还是细细长长的，但此刻却有了一种伟岸、坚固的感觉，这是之前所没有的。此刻，我们能看得更清楚了，原来还有那么多根啊，就连很远处的那些也亮了起来。很明显，这些柱子是成排布置的，如果你站在一根柱子旁边，朝着它看过去，还能看到十几根，它们发着光，简直像一道篱笆，但这道篱笆什么都挡不住，什么都能从中穿过去，无非也就是阳光和风罢了。四面都有柱子纵横交错。太阳落得很快，一切都在迅速发生变化。银色的柱子闪着金色的光。用肉眼能看到它们延伸至何处，最远落在哪里。虽然这些柱子排得很稀疏，一开始，肉眼根本区分不了柱网覆盖的区块和其他地方，但此刻，眼前却出现了一道明显的分界线。

斯蒂夫说："这气温正好，只是冷过了头，低了二十多度。"但至少风已经不是问题，风已经走了，只留下一动不动的柱子。斯蒂夫话音刚落，我们就又散开了。一切都纹丝不动。大家都能看见彼此，离我最近的是安妮，她拿着个香槟酒杯，已经转了一个小时，就像在参加一个有史以来最冷清的派对，手里的酒杯在那一小时的大部分时间里一直都是空的。

天空变得更蓝了，天色开始暗下来，此时所有的柱子都显得十分坚固。在这样一个偏远、寂寥的地方，某些东西正在汇聚的感觉特别强烈。我们此刻正在经历的，也许曾一度被视作某种宗教体验。原来的空旷处一下子有了内容。

天黑了，我们回到屋里。我们吃着玉米饼，喝着红酒，盯着颗粒取暖炉里的火苗，就像在看电视。门外广袤无垠的感觉令这小木屋里面成了地球上最舒服的地方，就像一个雪窖，只不过是用木头做的，还一点都不冷。

后来，我们又走出门去，一头扎进无边无际的黑夜里。柱子不见了，但我们知道它们还在那里。天空是缀满星辰的穹顶。我们都去过繁星满天的地方，对星空并不陌生，但是谁都没有见识过这样的景象。从地球的大部分地方看，星星应该是在头顶，而在这里，它们撒落四处，俯拾即是，即便离我们有几百万光年那么远。我的天文知识有限，但似乎在繁星的掩映下，银河已无从辨认，客机、闪烁的飞机和人造卫星也让星座变得复杂：这是星际旅行的交通高峰。天空一派狂野缤纷，这夜却凉似苍穹上的寒星。

我醒来的时候，没有帘子遮挡的玻璃窗已经透出灰色的天光。我们三人在屋外碰上了。天比之前任何时候都要冷，就像是南极在一年之中最晴朗的日子。山巅冒出了一点点太阳，和太阳落山时一样，柱子的顶端又开始一闪一闪地发光，然后整个太阳出现在我眼前，给光秃秃的柱子染上了一层金光，把它们勾勒得比前一天傍晚更加鲜明。此刻，一切尽在眼前，一切都清清楚楚的，这不仅仅是因为有光，还因为——就如克里斯蒂娜所说的——我们现在知道了自己的眼睛在寻找什么。

我们吃过早饭再出来的时候，柱子已经不那么醒目了，正在淡出我们的视线，就像我们刚到这里时看到的那样。这是第一个发现：虽然这片纵横交错的柱网是完全静止的，但它在时间维度和空间维度上不断发生着变化。这是一首叙事诗，正在铺陈演绎着情节。

…

每年的六个月，像我们这样的人来到这里，观察每一天里这一连串的变幻。一天就是一个计量单位。天气和季节的变化会影响体验效果，但行星和恒星大范围的运行却不会。像巨石阵那样的地方设计的时候考虑到了夏至、冬至，甚至本身也许还被当作天文历法，试图使人类在地球上的经历与天空中的变化同步。这里完全不是这么回事，这些柱子的定位、布局，没什么特殊名堂，没什么乾坤玄机。数千年的研究会证实，柱子跟太阳的位置、金星凌日和月食没什么刻意的关系，这里完全是人工设计的，取悦的对象也只是人，不像《众神的战车》[①]的那种地方，比如说秘鲁的纳斯卡线条，这里的设计就是供人们在地面上体验的，而不是从空中往下看的。

我们统计了一下，总共有400根柱子，不是399，不是401，也不是402，正好400，这个数字显然不是随机的结果。柱子呈直线排列，但整个柱网形成的不是正方形，两边各有16根柱子，而另两边各有25根，每两根之间相距250英尺，整块场地是一个1英里长、1006米宽的长方形。

---

① 《众神的战车》（*Chariot of the Gods*）是瑞士作家埃利希·冯·丹尼肯（Erich von Daniken）所著的一部科幻小说。该作者认为，金字塔、玛雅文明、秘鲁纳斯卡平原上的巨型图画等很多文明遗迹其实是外星人留下的。

我们最后一步的测量是要验证从此被我们称为伊森-克里斯蒂娜悖论的提法。

“柱子都不一样长。”克里斯蒂娜说（她个子高）。

“因为它们都一样高。”伊森说（他个子矮）。

他说的没错。这些柱子平均长约20英尺，但最短的只有15英尺，最长的26英尺9英寸。长度上的差异是为了照顾地面的高低落差，这样从顶部来看，就形成了一个无形的平原。所有的距离都保持得如此精准，不免令人感到好奇：这个地方是不是在向测量之神致敬？印度教有那么多神，会不会就有这样一位神？

于是问题来了：除了向人们示意精确的测量能够纠正世界的不平不正，这地方这样布局的初衷是什么？目的何在？我们又在哪里？

最后这个问题很容易回答，这时候也许你已经猜出来了，我们在克马多附近《闪电的原野》[①]现场，瓦尔

---

① 《闪电的原野》（*The Lightning Field*）是艺术家瓦尔特·德·玛利亚（Walter de Maria，1935—2013）于1977年在新墨西哥州的高原上用400根不锈钢杆摆成67米×67米的方格网所形成的艺术作品，在雷电频发的季节，这些钢杆会成为天空与地面的连接。

特·德·玛利亚在1977年创造出了这件艺术作品。这个答案又引出了另外一个问题——为什么要故弄玄虚，明明难以让人信服，却又装作不知情？但这样一问，更多的问题便会接踵而至。

小屋里有一本德·玛利亚的详尽至极的目录及充满他个人愿景的宣言——《闪电的原野：部分事实、笔记、资料、信息、数据和报告》（*The Lightning Field: Some Facts, Notes, Data, Information, Statistics, and Statements*），但就算在来之前，就算他们对这些统计资料了解得不是很透彻，大多数来这里的人对自己会遇到什么多少都心里有数。但如果我们来这里，必须尝试着自己来寻找答案，而不依靠艺术史方面的知识，那又会怎样呢？被问到法国大革命的后果时，周恩来回答："现在下结论还为时过早。"当我想到二十世纪六十年代晚期和七十年代大地艺术（Land Art）作品的影响时，脑子里蹦出来的正是周恩来的这句话。这些艺术家的计划浮夸宏伟，投入的工程也浩大无比，他们很敢想，不仅是在规模、空间上，在时间上也敢大胆设想，有些作品历经四十多年仍未完成，比如詹姆斯·特瑞尔[1]在亚利桑那州的《罗丹火山口》(*Roden Crater*)和迈克尔·海泽[2]在内华达州的《城市》(*City*)。而他们一旦成功，这些杰作就会从当代艺术争奇斗艳、针锋相对的主张和一时的风潮中脱颖而出，在境界上更接近圣地或者史前遗迹的地位。那些艺术作品只提供一时一地的脉络含义，而这些杰作则给了我们一种迥然不同的更广阔的视角，为我们揭示了更深远的意义。

关于《闪电的原野》，种种迹象都表明它将长存于此——这一点很明显，却很容易被忽视，一如下午三点的天光下伫立在此的柱子。如果多年后，我们来到这个地方，没有什么艺术史的背景知识（极简主义、概念论，以及把艺术作品从画廊移到旷野的概念等等），要靠自己琢磨出这里到底是怎么回事，究竟是什么力量在起作用，那又会怎样？再把时间线拉得长一些，如果它在人类灭亡之后还存在呢？外星智慧生物要多久——或者换一种说法，外星人要拥有怎样的智慧——才能解开这里的秘密？（这就是天才的基本特征吧？天才们构思

① 詹姆斯·特瑞尔（James Turrell，1943— ），美国当代艺术家，常以空间和光线为创作素材。

② 迈克尔·海泽（Michael Heizer，1944— ），美国当代艺术家，以巨大规模和创新材料闻名。

和创造一件作品比你事后去琢磨它是怎么创造出来的要容易得多。）

关于《闪电的原野》，今天的游客往往不太知道——或者说不愿意接受——期待闪电降临是很幼稚的，甚至还有点俗气。我们是五月初来的，正是《闪电的原野》这一季开放的第二天，但就算是在暴风雨集中期，七月到九月，闪电也是很罕见的现象。德·玛利亚花了几年时间寻找暴风雨出现频率较高的合适的地点，他估计“每年大约有六十天可以在《闪电的原野》中看到雷电”。我不知道闪电降临的次数是不是被记录在案，但如果你碰巧能亲眼目睹，那真是十分幸运的，这场景绝对算得上是地球上最了不起的景观之一。德·玛利亚完全有理由认为光和闪电光一样重要（“看不见的是真实的”），但把它命名为《闪电的原野》则是一种哗众取宠的宣传手段。还有哪件艺术作品的名称比这个更让人有触电感？

尽管这里很少有闪电，但这并没有削弱这个地方的预期目的和效果，关于这点，如果我们用海德格尔的哲学观点来审视这个地方，会更容易理解。海德格尔在《筑·居·思》（*Building Dwelling Thinking*）一书中尝试解释人造物体与周围景观的关系，他写道：桥“不仅仅是把现成的河岸连接起来而已，只有当桥跨越河流时，河岸才呈现，才成为河岸；因为有桥，才有面对面隔水而卧的两岸”。由此，我们进一步明白，是桥把河引领到它下面，让河穿过它，流过两岸；是桥把大地收拢，令大地成为河两岸的景观，就这样，桥引导、呵护着河，让它从草原中流过。

这种反客为主的情况同样出现在海德格尔的《艺术作品的本源》（*The Origin of the Work of Art*）一书中，而且该书对我们这里要说的情况表述得更为明确。在这本书里，海德格尔坚称，纵然寺庙建在岩石上，岩石“庞大而自发的支撑力”却是由寺庙牵引出来的。此外，这建筑不仅顶着肆虐的风暴坚守在原地，而且正是它“令风暴自己展现出疯狂的面目来”，不仅是这样：“岩石虽然表面上得依赖太阳的恩泽才会发出光泽，但这光泽却先把白昼映照得灿烂，把天空烘托得高远，把黑夜衬托得暗沉。正因为寺庙岿然高耸，**空中那无形的空间才得以展现**。”（黑体部分是我加的）

可是，尽管有这样一个缘起效果的非凡意义作为理论支撑，这些年来，还是时不时有一些不一样的声音，打破了对德·玛利亚艺术成就的一致崇拜。人们要想参观《闪电的原野》现场，得由迪亚艺术基金会（管理这个地方的机构）说了算，哪些照片可以印出来也必须经它审核，你不能突然就上门，走马观花地看一圈，然后就开车走人，你必须在这里过夜，小木屋只能住六个人，所以你得提前预订。一个名叫约翰·比尔兹利（John Beardsley）的评论家在一篇曾经一度很有名（虽然风评不好）的文章中对这些霸王条款进行了炮轰，他说这种宣传造势会“让人觉得肯定能在《闪电的原野》现场看到上帝，毋庸讳言，上帝是不会现身的，没有一件艺术作品能担得起这样的炒作”。

然而，它担得起，也的确不负众望。即便看不到闪电，在《闪电的原野》的体验也超越了它的盛名。当然，神是不可能现身的，这里空间很大，可哪怕只是打个比方，这偌大的空间也没有神的容身之所。《闪电的原野》带给人的是一种强烈的体验，这种感觉在相当长的时间里只能——或者说最便于——用宗教的语言来表达。而当极为震撼的体验轰然而至的时候，我们往往会双膝跪地，因为这是一种熟练的表达敬畏的方式，但《闪电的原野》中并没有什么东西促使人这样屈膝下跪。在论及某些考古遗址时，刘易斯·芒福德[1]总结得很有道理："人们只有为了他们的神，才会这样不遗余力地折腾自己。"《闪电的原野》对此提出了彻底的反驳，或者更准确地说，宣告了这种论调的终结，除非现如今艺术已经变成了神。这个作品充斥着严格的无神论，外形中性，它将现代派的虔信和指天誓日的应许都抛进了旷野荒原。你来到这个地方，部分目的就是要理解你对这一经历的反应，并对此做出表述。

而且，与比尔兹利的抱怨正相反，这样安排入场是为了最大程度地优化个人体验。你把车停在克马多，下午两点半，你跟着一群人一起被接上车，有半小时的车程，到的时候正逢一天中最不起眼的时刻。那天我们到的时候，人群中发出了一阵失望的叹息；我们也不知道自己在期待什么，但肯定不止眼前这些，我们想要更多。更多的什么？更多的某种东西。然后，慢慢地，你就得到了，感受到了，你发现它不是一件摆在那里给你看的艺术作品，而是一种随着时间的推移而展现出来的空间体验，这一点值得反复强调。

这是为什么《闪电的原野》几乎没有什么照片的其

① 刘易斯·芒福德（Lewis Mumford，1895—1990），美国社会哲学家。

中一个原因，它太开阔，而且时间也拖得太久。大家看到的都是同一张照片，罗伯特·休斯[1]的《美国艺览》（*American Visions*）的封面照片，一场闪电雷暴正在围着柱子狂舞，这才称得上是“闪电的原野时刻”。在现实中，闪电可能很少发生，但《闪电的原野》就应该以这样的面貌来呈现，指望用某个单一的影像、某个刹那就能表现，那就辜负了它的完整意蕴。

从你被接上车到被载回去的这段时间里，你完全可以为所欲为，几乎没有一个宗教场所有这样的自由度，你可以服用迷幻药，也可以满场裸跑，你可以喝下一吨的啤酒，看着你的女人跳钢管舞，你可以坐在门廊上阅读关于《螺旋形防波堤》[2]的文章，你可以诵经，你可以和朋友聊天，你可以听iPod[3]里的音乐，你也可以就站在那里，双手插兜，打着冷战，后悔自己没有戴手套和围巾。然后，你就得离开了。

---

① 罗伯特·休斯（Robert Hughes，1938—2012），当代著名艺术评论家、作家、历史学家。

② 《螺旋形防波堤》（*Spiral Jetty*）是位于美国犹他州布里格姆附近的大型雕塑艺术作品，由艺术家罗伯特·史密森于1970年创作而成。

③ 苹果公司推出的便携式数字多媒体播放器。

我们在十一点上了车，然后被载回了克马多，再过几小时，下一批来拜谒的人会在那里上车。要不是他们，要不是已经有人预订，我们会再多待一晚上、一星期，甚至一整个夏天。

就这样，我们在“瑟拉佩”咖啡馆吃了樱桃派，拍了些照片，证明我们一起来过这个地方。迪亚艺术基金会空荡荡的办公室里孤零零地摆着一张积了不少灰尘的乒乓球桌，在大家动身出城之前，我还和伊森在那里玩了几局。

四

想到像驼峰、魔鬼的烟囱和《闪电的原野》那样的地方（说到这，或者像吴哥窟、婆罗浮屠那种地方），我的脑海中总是会浮现出在波士顿美术馆里看到的那幅画。那天我原本想看的是高更的《我们从哪里来？我们是什么？我们到哪里去？》。在伊莱休·维德[1]的这幅《狮身人面像的探究者》（*The Questioner of the Sphinx*, 1863）中，一个黑皮肤的流浪汉或旅行者把耳朵贴在一尊从沙海里冒出来的狮身人面像的头部，这尊像已经被淹没在这片沙海下过了好几个世纪。除了几截断柱和一

① 伊莱休·维德（Elihu Vedder, 1836—1923），美国画家、作家。

个头盖骨（是之前的探究者吗?）之外，没有留下别的什么东西。从某种意义上来说，这是对末日降临后的世界的早期刻画（天空是黑的，但不像是黑夜），这幅创作于美国内战时期的作品提醒着人们，在当代文明之前还有众多经历了末日的社会文明。你很容易想象出这样的画面：冒出沙子的不是狮身人面像的头，而是自由女神像的火炬，就像《决战猩球》（*Planet of the Apes*）那样的场景。维德在二十几岁的时候创作了这幅画，那时候，他没去过埃及，但看过吉萨金字塔狮身人面像的插图。这幅画象征着这本书里重复出现的经历：想要了解某个特定的地方——标志大自然的某种特定方式——的含义，获取它向我们传递的信息，解开我们去那里的目的。

空间中的时间

也许对于得克萨斯州或亚利桑那州的广袤给予充分赏识与重视的并不是土生土长的本地人，也许你得是个英国人，来自——用劳伦斯充满不屑的话来说——“一个大不过后院的岛国”，你才能真正领略美国西部的无边无垠，所以也就不足为奇，劳伦斯会觉得游历新墨西哥州是“他在外面的世界体验过的最棒的经历”。

英国人的生活充斥着矛盾的现象：这样小的一个岛，你想要到处走走，往往是件难事，甚至有些时候根本做不到。想象一下，一个来自亚利桑那州的游客，研究着一张英格兰的地图，然后很肯定地得出结论：“好，这巴掌大的地方，两三天就能走遍。”但是，从格洛斯特到希思罗机场要花多长时间？两个半小时到……

好吧，还是说得保险些，五个小时吧。

在美国西部，数百英里的路程，你可以精确地计算出到达的时间，甚至可以精确到分钟。我们按约定的会面时间，在一点钟准时抵达了克马多。从克马多出发，杰西卡和我又驱车450英里奔赴位于犹他州的锡安国家公园边上的斯普林代尔。现在只剩下我们两个人，夫妻组合。我们到斯普林代尔的时候，正赶上预订的晚餐。然后，在锡安待了几个晚上之后，我们又再次上路，朝《螺旋形防波堤》的方向进发。

对，《螺旋形防波堤》——大地艺术领域神龙见首不见尾的传奇之作！面世不久它就被奉为殿堂级传奇，其原因却是无常的两度打击：创作完成后仅两年，防波堤就消失了；到了第三年，其创作者罗伯特·史密森[①]又早早地撒手人寰。1970年建造这个防波堤的时候，犹他州北部的大盐湖的水位低得反常，后来，水位恢复正常，防波堤就被淹没了。1973年7月20日，史密森搭乘一架轻型飞机，考察他正在创作的位于得克萨斯州阿马里洛的一个项目，机上全体人员，包括飞行员、摄影师

① 罗伯特·史密森（Robert Smithson，1938—1973），美国大地艺术家。《螺旋形防波堤》是其代表作品。

和艺术家本人，都在飞机撞向山坡失事后不幸殒命，那一年，史密森三十五岁。防波堤沉入水底，他的飞机又失事，之后史密森便声名大噪。

在四分之一个世纪里，《螺旋形防波堤》几乎从人们的视线中彻底消失。虽然还有让人惊艳的照片可以回味，一圈圈的石环泡在颜色各异的水里，红色的、粉色的、淡蓝色的，还有建造过程颇具泽普鲁德风格的纪录片，但防波堤就像“亚特兰蒂斯”号那样消失了，沉到了盐湖波澜不惊的水面下。然后，到了1999年，奇迹发生了，它犹如亚瑟王的神剑一般从湖里冒了出来，还不止这样，用泥土和大块黑色的玄武岩（6500吨）建造的防波堤，由于长时间被湖水浸没，已经覆上了一层盐霜晶体，它以这样一种重获新生的崭新面貌再度出现在世人面前，通体闪烁着晶莹的白光，一尘不染。

然而，即使是现在，在它惊艳回归之后，《螺旋形防波堤》也不总是看得见。如果遇到特别大的雪，待天气回暖后，融雪还是会对水位造成影响，这与两极的浮冰群因全球变暖而对海洋产生的威胁如出一辙。雪一旦融化，就得熬上好几个月的干旱和曝晒才能蒸发掉多余的水分，重新让防波堤高高地探出水面，完全干透。那么到底值不值得跑这么老远，去看一样我们有可能看不见的东西？这个嘛，去那里拜谒的人一直络绎不绝，就算在**完全没有东西可看**的那几年间也没有中断过，因此，如果不去看一眼，就有点说不过去。（艺术界也许有这样一批激进分子，他们声称参观《螺旋形防波堤》的最佳时机是在它没于水底、完全看不见的时候，这时候你去那里，就纯粹是信仰的表现了。）

我们的车朝着北面盐湖城的方向跑着，这一路根本不需要指南针，所有的一切都在明晃晃地指着北方：远处灰白相间的加拿大式的巍峨高山和这越来越糟糕的天气。我们为了缩短路程，没有选择风景好的路线，走的是I-15公路。车子在这条毫无特色的公路上飞驰，沿途大多数的景致都和交通有关：加油站的标志、货运火车那么大的卡车、（在英国属“硬质”的）软质路肩上像蛇皮一样的轮胎碎片。盐湖城尽地主之谊，在我们还离得很远的时候就提前出来迎接，甚至在我们觉得车已经开过的时候，它也还是没有离开我们。

既然西部有这么大的空间，这些城市自然不乏动力去扩展用地。就盐湖城而言，东面有山，西面临湖，这意味着它主要是沿着南北向的线路扩展的，还有空间能让这条州际公路慢慢变得像洛杉矶的高速公路那样宽，那样热闹，最后也那样沉于一片死寂。盐湖城在不知不觉间与奥格登融在了一起。我们要待在奥格登。这地方不错：至少两面都被老鹰堡[1]高山围绕着，看上去就像正从低迷中挣扎出来，俨然一副“螺旋形防波堤”式的复兴姿态，至少在第25大街看起来是这样，而城里的其他地方还被低迷的氛围笼罩着，又或许这正是阿尔卑斯山区冬天的特色，即使在五月中旬，也还是藏着掖着，没有痛快地秀出来，这里的树木还是不确信已经可以行动了，谁都不敢冒险，一片新叶子都没有长出来。

在酒店里，我又翻看了劳伦斯关于陶斯村的文章。他认为，“地表上有些地方看起来好像只是暂时存在的，而有些地方则似乎是终极性的”：

> 陶斯村仍旧保留了它原有的结节性，但这种结节性的体现，并不是像大城市那样，而是像欧洲的修道院那样，很特别。当你偶然间发现英格兰古老的大型修道院的遗迹，依山傍水，坐落在某个秀丽

① 老鹰堡，电影《血染雪山堡》里“只有老鹰才上得去”的堡垒，原型为被阿尔卑斯山和坦恩山脉环绕的霍亨威尔芬城堡。——译者注

的山谷中，而这个山谷如今已是偏远之地时，你面对这样的场景，是不可能不产生这种想法的：这是这片土地上甄选出来的性灵之地。当罗马覆灭的时候，当伟大的罗马帝国轰然倒下、灰飞烟灭时，熊在里昂的大街小巷出没，狼在罗马空旷的街道上长啸，欧洲真真切切地成了一片黑色的废墟。这时候，仍保持着鲜活的生命力的地方，不在城堡，不在庄园，也不在村舍；我觉得记住这点至关重要。那些仍具有精神力量的人从俗世遁离，聚集在一起，逐渐建立起了修道院，这些修道院是一个个凭借着无言的劳作和勇气建立起来的小社区，与世隔绝，四顾无援，虽然这个世界被毁灭性的灾难笼罩着，但这些地方却从来没有被击溃，正是这些地方把人类精神保存了下来，使它免于消亡，免于沉沦，没有在黑暗时代陷入极度黑暗的境地。这些人建立了教堂，教堂建立了欧洲，并孕育了中世纪具有尚武精神的宗教信仰。

陶斯村给我的触动正如那些古老的修道院，当你来到这个地方时，你会有一种终极性的感觉，你会觉得这就是归宿了。

好一段富有思想性的文字！就像凯鲁亚克的文风一样，一挥而就，它分析性强，引人入胜，颇具深度，你会觉得劳伦斯在1923年写下这一整段，当时并没有多加思索。就像维德的画一样，它向我们深刻揭示了某些地方所具备的神力以及我们要去那里的原因。德·玛利亚和史密森也在以他们不同的方式尝试创造结节性。

我们一早做着突袭防波堤的准备工作，此时的天气可不太吉利：云层很厚，几乎透不出一丝阳光，刚一出发，天就开始飘起毛毛细雨。开车出城的一路上，一辆《警探哈里》[1]里的校车一直挡在我们前面，等再回到I-15公路时，毛毛细雨已经变成了瓢泼大雨。

我们在布里格姆城驶离州际公路，朝科里纳的方向开去，这是一个小型的农业社区。这时候已然有一种很偏远的氛围出现，但实际并没有走那么远，不像斯诺登山或者莫尔岛那么偏远，但却一样地潮湿、阴郁。天色阴沉沉的，但至少雨小了，只是淅淅沥沥地往下滴水，算不上正儿八经的下雨，卡其色的山也从防雨帆布似的云缦下钻了出来。我们沿途经过了金钉子国家地质遗

① 《警探哈里》（*Dirty Harry*）是由唐·希格尔（Don Siegel，1912—1991）执导的动作电影，该片于1971年上映。

址，1869年，横贯美国大陆的第一条铁路的最后两截铁轨就是在这里连上的。也就是在这里，我们开始用自己的方式来进行互动性的艺术评论。

史密森是大地艺术的主力倡导者，他不仅自己创作，还组织展览，建立信条，宣传劝说，撰写评论，为大地艺术繁盛期提供详尽的理论指导。他是一位多产的作家，多产到甚至可以用海量来形容，他还是一位涉猎广泛的读者。以当下的观点来看，他有点太沉湎于当时那种发散性的论述风格了，但他的文字却清晰明了，扣人心弦，还保持着一种异想天开却务实的吸引力。在他《文集》（*Collected Writings*）封面的照片上，这位艺术家在防波堤上以一种辩证的眼光注视着自己的倒影，看上去就像吉姆·莫里森[1]，或者说像在奥利弗·斯通[2]的电影里扮演莫里森的演员瓦尔·基尔默[3]，这个画面体现了他所倡导的将艺术作品从美术馆移到户外这一具有驱动性的观点。作为这一策略的忠实拥趸，我把史密森第

① 吉姆·莫里森（Jim Morrison，1943—1971），美国创作歌手、诗人、摇滚乐队主唱。

② 奥利弗·斯通（Oliver Stone，1946—　），美国导演、编剧、制作人。

③ 瓦尔·基尔默（Val Kilmer，1959—　），美国演员、制片人。

一次来这里的行程记录读出来，刻录到光盘上，放在车载音响设备里播放。一路上，这个带着怪异的英国腔的史密森向我们描述着沿途经过的风景。

“山谷延伸开去，变成了一个离奇的庞然大物，与我们之前所见的地貌截然不同……在视觉上，沙坡成了一团一团黏稠的物体。慢慢地，我们靠近湖边，这湖就像一片淡紫色的薄膜，没有任何表情和涟漪，它静静地躺在群石方阵之中，就像被困囚的俘虏，太阳光倾泻而下，重重地压在上面……就在罗泽尔点以南，有一连串像是沥青的黑色重油渗出。在长达四十年或者更久的时间里，人们一直在尝试从这个天然焦油池里取油。泵管被一层厚厚的黑色黏质物包裹着，在高盐分空气的腐蚀下已是锈迹斑斑……这里的种种在告诉我们，人类曾一拨接一拨地在这里安装开采系统，却都半途而废，被丢弃的设备见证着希望的破灭。”

讽刺的是，在2008年2月，迪亚组织了一场请愿活动，以抵制帕尔蒙大拿勘探与制造公司在大盐湖钻孔开凿的计划，这也是长期以来人类最近一次尝试从这里“取油”，而人们的这种尝试正是当初令史密森对这个地方产生兴趣的部分原因。也就是说，艺术灵感和客观环境的结合才促成了它的建造，而人类保护《螺旋形防波堤》的活动从某种意义上来说是与当时的这种创作初衷背道而驰的。

去《螺旋形防波堤》的路上，我们听到的指示明确得不可思议——“再过0.5英里会有一个围栏，但没有挡畜栏，也没有门。”——结果我们发现一路上的路标设置得很到位。在像洗衣板一样波纹状的砾石路面上，车子嘎啦嘎啦地以每小时十五英里的速度颠簸着，经过了大型犬那么大的牛犊和正常大小的母牛，它们都是黑色的，一副听天由命的模样。天空沉甸甸地垂在大地上，这大地的景观乍一看单调得很，都是一个样，但其实却一直发生着细微的变化，它不断地让你联想到英国，透着达特姆尔高原那种力倦神疲的古老感，这里也有海鸥。华兹华斯写下“幻觉中的悲凉”的那一刻，也许脑子里正在想着这个地方。眼前突然出现了一头棕色的奶牛，这是族群里的异类。往南看，在低矮、阴沉的山丘之间有个隙口，那里正泛着微弱的光。这是盐滩反射出来的光吗？无论如何，那就是我们要去的地方。

路面上的坑洼和沟壑越来越大，越来越深，也越来越多，我们只能开得越来越慢。路况越来越差，到最后索性自暴自弃，完全不能算一条路了。我们下了车，开始步行。有一段路没有路标，但据说可以留意三样标志物：一辆废弃的拖车；一辆旧的道奇卡车；还有一样很有意思，是一艘两栖登陆艇。可这三样，我们一样都没看到。但我们之前看到的那道光呢？那可不只是湖面的反射，天空本身也已经亮了起来。在我们的左边，湖面看起来似乎凝结了，就像是耗尽了能源的星球上的一片死海，空气中飘着一抹淡淡的硫黄味。科马克·麦卡锡[1]的那部小说《路》（*The Road*）被搬上银幕，剧组人员也许为影片结尾取景来这里勘察过，在那个场景中，波光粼粼的海面跟四野的凄凉连成了一片，也是满目凄凉。湖边的凸起物好像是很久之前就中止的某个项目的遗迹。这是不是《螺旋形防波堤》？如果是的话，状况可比我们预料的要糟糕得多，眼前根本算不上螺旋，也不能算是防波堤。近来，关于是否对防波堤进行维护存在不少争执——到底是应该保护起来，把它架高，避免它再次消失，还是就顺其自然，任其优雅地腐败下去，沉到看起来不怎么深的深水里去？但是不可能，它不可能变得那么糟吧。这可能吗？我们继续往前走着，忐忑之余多了一种挫败感，暗自嘀咕：我们渴望的那种体

① 科马克·麦卡锡（Cormac McCarthy，1933—　），美国小说家、剧作家。

验，难道已经发生过了？

不是的。因为它就在那里，一道黑色的石环，不是白色的，比想象中小很多，但毋庸置疑地散发着《螺旋形防波堤》的气息。史密森曾提醒过，尺寸和规模不是一回事："尺寸决定物体，而规模则决定艺术。"话说得没错，但我曾经看过一些照片，人在防波堤上显得十分渺小；这种照片以人作为参照物，从来都能直观地反映规模的大小。然而，在这一片天地之间，实物无论是在尺寸上，还是在规模上，都显得平平无奇，与《闪电的原野》不同，《螺旋形防波堤》在照片上的效果要比岩石质体的实物强。

我们朝着一圈圈的石弧走过去，发现这些石弧实际上是一道连续的螺旋的组成部分，这就是《螺旋形防波堤》。我们不再是奔着《螺旋形防波堤》而来，我们就在《螺旋形防波堤》现场，正等着感受振奋，体会找到归宿的感觉——不只是那种到了一个地方之后的感觉，而是像劳伦斯在陶斯村经历的那样。我们还真的有点感受到了。天气已经在悄悄地变好，天空中有些地方已经从铅色转成了锌色，甚至还透出了大片大片的蓝色，这一天下来，消失的太阳终于露面了，天地交织着阴影、光线和缓缓释放出的色彩。

根本没有路，我们只得通过一道黑色的岩石斜坡爬到防波堤上。斜坡上有块被人丢弃的旧床垫。防波堤直直地向前延伸了好一段，然后才掉头向内弯曲。湖里的水呈灰浆色，微微泛着粉红，水的颜色随着螺旋的递进发生着变化，螺旋中心的水颜色最白。

我们原本希望能够看到防波堤，而现在，你不仅看得到它，还能在上面走。它表面的那一层神奇的白色晶体已经掉得差不多了，大概是被像我们这样的人踩来踩去蹭掉的。但是有什么办法呢？你总不能像对待博物馆里的文物一样拦一道封锁线，既然不能那样做，索性，我们就各自尽一份力，帮着除去剩下的那些发光的表层，进一步还原它最初的模样。相比吴哥窟和金字塔，防波堤的状况可不太妙，它老化的速度赶上了南岸中心被雨水抹花了的混凝土墙面或是那些成本低廉、匆忙搭建的市政廉租房。还不到四十年，它就已经是一副古老的模样，这其实也是它最了不起的地方。《闪电的原野》看起来永远带着一种科幻感，而《螺旋形防波堤》则在短时间内就具备了一种萧瑟的肃穆感和远古的自然力气场。要说它是一千年前最早定居在这里的人类建造的，也很容易让人接受。但为什么他们要选择在这里落脚呢？

艺术家约翰·柯普兰斯[1]曾在文中写道，走进螺旋是沿逆时针方向，在时间上是往后退，而走出螺旋，你又回到往前走的时间轨道上来。这是对的，这确实是体验这一作品的部分概念基础，但他还忘了另外一点，其重要性丝毫不亚于前者，那就是漫步走物理学法则，也可称作廉租公房区直线走法则。在剑桥大学唐宁学院，你可以看到这样的告示牌，它们警告人们只有院士才可以在草地上行走，几百年来一直遵循的传统也要求人们这样照做，你不能直接穿过那片像草原那么大的四方庭院，只得硬着头皮在外沿绕远路走。在不那么庄严的环境中，任何形式的装斯文或繁文缛节——如果会延长人们到达目的地的时间——无论怎样，注定都会失败。即使这广场是以拜伦或者麦克斯·罗契[2]命名的，人们也不会绕着它走，而会沿着对角线斜穿过去，吃力地拽着橘黄色的袋子，袋子里面装着去桑斯博里（超级市场）“大教堂”朝圣后的纪念品，一步一步踩出属于他们自

① 约翰·柯普兰斯（John Coplans，1920—2003），英国艺术家、作家、博物馆馆长。

② 麦克斯·罗契（Max Roach，1924—2007），美国爵士乐鼓手、作曲家。比博普爵士乐（Bebop）先锋之一。

己的城市版本的理查德·朗[1]的行走艺术，用不了多久——不久——草就开始凋亡，所谓的“心仪小道”就形成了。这里也一样，虽然螺旋状的岩体之间的部分是被淹没在水下的，盐层被浸透，但却很坚实，所以你没必要沿着螺旋走，完全可以直接穿过去！为什么要一步一步在时间轨道上逆行，明明可以像镜头跳切那样，直接蹦过去就完事的？不一会儿，你就来到了螺旋的末端——这个时空连续统一体的正中心，这个作品所呈现的流转不息的世界的静止点。

在这个中心附近，在被圈起来的湖床的白色盐层上，之前的游客用石块拼了几个名字：Missy（下面有个心）、Ida Marie和Estelle。

云渐渐散开，天继续放晴，鸟儿的鸣唱伴着轻柔的水声，幽幽地透着一股凄美之意。这个地方让人感觉好像被遗弃了，但意义尚存，它保留甚至产生了它自有的一种萧瑟的结节性。到底值不值得大老远特地跑过来？针对这个摆在眼前的问题，答案也许是不值得，但我们没想到要这么去问。《螺旋形防波堤》就在这里，我们

---

① 理查德·朗（Richard Long，1945— ），英国大地艺术的代表艺术家。

也在这里，这就是简单的事实。复杂些的事实会不会恰恰是这样：如果轻轻松松就能到这里来，人们反而懒得来看了？

众所周知，安德烈·马尔罗[①]很推崇“无墙的博物馆”这个概念，从某种意义上来说，像《螺旋形防波堤》这样的地方是无墙的监狱，这些地方总是与时间有关，看它们能留住你多久。我记得一个美国的监狱长在提到一名非常暴力的犯人时，曾经说过他的刑期长得他到死都服不完。那道防波堤看起来也是这样，它的刑期也比它的寿命长，虽然相对来说，它还没在这“牢”里蹲多久。

虽然没必要待那么久，但我们还是多逗留了会儿，看看自己还能感觉到什么，也不确定这样是不是在对这个地方表达敬意。我们俩总有一个人在说，“我们该走了吧？”就这样，我们待的时间越来越久，在这过程中，什么都没有发生，只有急迫感和目的被一点点销蚀。我们往往已经准备好要离开，但每次想到要走，都会想起上一次想走的时候，很庆幸自己当时没有立即付

① 安德烈·马尔罗（André Malraux，1901—1976），法国小说家、评论家。

诸行动。

最后，当离开的念头快要熄灭时，我们谁都没有说话，只是回头朝着车子走去。空中飞舞着密密麻麻的白蛉，闹哄哄的。我差点踩到一条长长的、灰色的、漫不经心的蛇。身后是寂寥平湖，茫茫一片，一直延伸到很远的地方。

五

像维德画里的那种地方也不总是深陷在过去的沙海里，这些地方仍然不断地在经历创造，从无到有，即便有些时候不一定能被人看到，比方说建筑工人在布朗克斯的新洋基球场的混凝土里掺进一件波士顿红袜队的T恤来暗暗下诅咒。

我们可以从猜瓦·萨布普拉索姆（Chaiwat Subprasom）2014年的一幅摄影作品里看到这样一个地方形成过程中的最初阶段。乍一看，它就是一张挺不错的度假照片，虽然毫无意义；准确地说，这张照片上有人正在拍一张毫无意义的度假照片。从这方面来说，这照片很典型，如今人们拍的百分之九十的照片都是毫无意义的。天气不错，沙滩也漂亮，海水泛着温柔的、怡人的松石蓝色，画面正中央的岩石上也没有刻着什么史前岩画或者甚至是现代涂鸦，没有，那么接下来就只剩下狗了，对，一条可爱的小狗，在海边撒欢的狗总是让人觉得很逗，直到它活蹦乱跳地跑回来，在你的沙发上把沙子和海水蹭得到处都是……

没什么特别的，只不过这海滩是泰国涛岛的海滩，两星期前，就在这里发现了两名被谋杀的英国游客的尸体，这让一切都变了味，包括我们对狗的看法，现在它看起来就像是察觉到了什么不对劲的地方，又或者是嗅到了某种不寻常的气味。身穿比基尼的女人正在拍的这张照片悄悄地让人联想到乔·斯坦菲尔德[①]的摄影作品集《在这里》（*On This Site*）所收录的停车场或街角的照片，照片上的文字标注揭示了这里曾是强奸、谋杀或者绑架的罪案现场，这样一来，这些不起眼的地方就变成了相片形式的纪念物。这对夫妇很可能在向朋友展示这张照片的时候，又或者在汤博乐[②]网站上发布这张照片的时候，也会做出类似的说明。但是，他们拍的照片

① 乔·斯坦菲尔德（Joel Sternfeld，1944— ），美国摄影师。

② 汤博乐（Tumblr）网站，成立于2007年，是目前全球最大的轻博客网站。

都没有这作品本身这么有意思，因为作品显示了正在发生的改变。恰恰是这行为——她拍照片的行为——赋予了这地方某种意义。她拍的照片也许毫无意义，但拍照这个行为却不是。很可能，她拍照不是为了留下影像记录，而是为了表达悼念，向亡者致敬，就好像如果条件允许的话，她也许还会留下一束花。现实往往就是这样：人们不是为了要照片而去拍照；他们之所以拍照是因为这就是你该做的事。也许这里用提问的方式来表达会好一些：不这么做，你还能做些什么？照片上的男人给出了答案：那就只能站着了。

这里还是会有人来，还会有照片拍出来。为了纪念那对遇害的夫妇，也许这里还会竖起一块纪念碑，或者在那块岩石上刻下他们的名字，就算没有这些，其中一部分人还是会知道这里发生了些事情，甚至对那桩谋杀案耳熟能详。即便人们最后忘了这事，这地方还是会有一种若有若无、无人领会、也可能是无人察觉的含义。它能持续多久？两百年后，它还会剩下多少呢？

北极黑

从犹他州回来后不久，杰西卡就像着了魔似的要看北极光，她这几年一直在念叨北极光，但现在开始变得喋喋不休，她告诉我朋友中有谁去看了北极光，那成了他们“终生难忘的经历”。即使她说着其他的事，最终也会说到北极光，说她有多想去看。有一次，她甚至说我们可能是这世界上仅有的没看过北极光的人，她不明白我为什么不带她去看。我说我也想去看，但就是不知道什么时候才有机会去。

“我们可以八月份去。”她说。

“这一定是人说过的最愚蠢的话了吧。”我说。当然，我也会说蠢话，事实上，我们会相互怂恿对方，看谁能说出最愚蠢的话，所以我这话其实算是一种恭维。

“你得冬天去，”我说，“趁着天黑的时候去，夏天的时候，那里就是午夜太阳极昼之地，这就是那老一套的克尔凯郭尔式‘非此即彼’[1]，要么北极光，要么午夜太阳，不可能两者兼得。”

“哦，我明白了，我们不能两者兼得，所以我们就什么都得不到了，你这话可真蠢。”

“这完全是一个毫无逻辑概念的人说的蠢话。”我说。

这是在五月的时候。我们实际上对体验极昼没什么兴趣，但却很喜欢听我们那个住在雷克雅未克的朋友松描述这一景象。

“小的时候，我夏天睡不着觉，”在伦敦的一家印度餐厅用餐的时候，他告诉我们，“到了二十几岁，我和朋友彻夜狂欢，现在，我拉上了很厚的窗帘。”

时间一月一月地过去，日子变得越来越长，然后，就当它长到不能再长时，它又开始变短了，直到一天只有半天的光阴，今年变成去年，明年变成今年，一晃就到了我们这段婚姻的第五个年头，杰西卡曾对松说过，这是一段“基本见不到阳光的婚姻”。这一年，伦敦迎

---

① 指克尔凯郭尔的哲学名著《非此即彼》所述的理论。——译者注

来了一百多年来天气最恶劣的十二月，雪下得很早，造成了公路和铁路系统的交通混乱，希思罗机场招架不住，航班纷纷被取消；但此刻，我们正舒舒服服地窝在家里吃着饼干，透过没有帘子遮挡的窗户，看着大雪飘零，或者看着电视上的新闻，庆幸自己不用像难民一样在希思罗机场露宿，不用苦等积压的航班一架架地起飞，也不用缠着航空公司的工作人员索要按规定应该享有的餐饮券。然后，到了一月，积雪被清除了，整个国家的交通恢复了正常运行。这时候，我们来到了希思罗机场，我们在等飞机，等着它带我们一路向北到奥斯陆，然后再向北到特罗姆瑟，深深地扎进北极圈，最后到达斯瓦巴德群岛。

由于我们一开始就是奔着北极光而不是午夜太阳来的，这儿从早黑到晚的现实也令我们有更多的机会体验北极光。我们可以一天二十四小时看着北极光，享受北极光体验，但首先我们在奥斯陆遭遇了费用体验。你住在这里，出去旅游，去伦敦、东京，甚至帕皮提，看到那里的物价便宜到让你大跌眼镜，这种感觉一定很爽！搭乘火车从机场到市中心花掉了一大笔钱，然后，我们走出昂贵的酒店，穿过这冰冻的城市，经过结了冰的池塘或是溜冰场，看到每个人都在娴熟地溜冰，接下来，我们在全世界最贵的餐厅吃了顿饭，然而按照奥斯陆的标准，这根本算不上贵。这里的严寒和物价让我们感到震惊，但是，我们却一点都不后悔来到这个又冷又黑还贵得要命的国家，这一点倒是没有让我们感到震惊。

第二天早上，我们又花了巨额路费返回机场，在那里搭乘飞机前往特罗姆瑟和斯瓦巴德群岛。我们正赶上一场暴风雪，这样的暴风雪会让英国瘫痪六个月，甚至还有可能进入紧急状态，实施戒严；而在奥斯陆，挪威人应付得相当从容。我们在飞机上落座后，看着机翼上的冰被除去，我心里在猜想，那顿饭之所以那么贵，部分原因一定是因为所含的税得用来保证交通系统能在暴风雪和极寒条件下正常运行，像这样的恶劣天气在这里是常态，我们起飞的时间也只被耽误了五分钟而已。

我们起飞的时候还是白天，几个小时后，我们抵达朗伊尔城的时候，已经是晚上了，但就算是在起飞时间着陆，朗伊尔城也还是一片夜色。之前的六个星期里，我们不管在什么时间来，迎接我们的都会是沉沉的黑夜，和现在一样冷，这里比我去过的任何地方都要冷，比任何一个神志清醒的人会去的任何地方都要冷和黑。我们才刚刚下飞机，正在朝航站楼走去，这时候杰西卡一语道出了我的心声：

“我们为什么要来这鬼地方?”

“因为你想看北极光啊。”我说。然而那时候除了北极黑根本没东西可看，到处都是黑的，没有一丝光。

一辆沉闷的大巴把我们从航站楼载到了市区，这里真是乏味至极，根本没东西可看，除了夜色中闪耀的灯光呈现出让你难以置信的一幕：工人们正在户外建造大楼，在这样的条件下，建造所需的任何工具及手段在这不可思议的严寒中必定都无法派上用场。

贝斯坎普酒店刻意装修得很粗糙，虽然很舒服，但是十足一副临时落脚地的样子，让人置身于这个冰冻的荒原，有一丝沙克尔顿[①]的感觉。早餐厅的墙上挂着一张北极熊的皮毛，就像拉杰虎竖过来的样子。最棒的是，酒店有个地方装着玻璃天花板，你在这里可以优哉游哉地看北极光看到爽。这个小角落真是太有吸引力了，因为虽然我们在朗伊尔城只待了短短十来分钟，但光这点时间就足够让我们领悟到我们自己国家刚经历了一场严冬的这个想法是多么荒谬。说实在的，我们其实是来自一个气候温和的小岛，那里物价便宜得出奇，冬

① 指欧内斯特·沙克尔顿（Ernest Shackleton，1874—1922），英国南极探险家。

季温和怡人，尽显地中海气候特征。尽管如此，我们还是做了一件到一个欧洲城市度假通常会做的事：出去走走。这是我们经历过的最恐怖的“走走”。挪威语的“散步”应该翻译成“严酷的生存之战”：影片《大北极》[①]那样的情形，还带着莫斯科大撤退的感觉。时下气温仿佛到了零下一千华氏度，这还没算上风寒指数，风裹挟着雪，形成一股股急流，冲过黑暗的街道，就像是在逃命，一心想要甩开后面的追兵。我们一路跋涉来到了超市，这里的灯光亮得刺眼，我们买了些啤酒，回到酒店房间后，坐在床上，一言不发。我感到在这里做爱的概率就像这气温一样，是个大大的负值。我们在这里只待了一个小时多一点，情绪就已经明显比在奥斯陆时低落了很多，更不用说在伦敦的时候了，想起伦敦，此刻有一种“能活在那个黎明实属幸福”的乡愁。

那一夜，我们到的那一夜，北极光没有出现。我说“那一夜”，其实这里是无休止的夜，这蕴含挪威灵魂的沉沉黑夜至少还将持续一个月。酒店前台的那些兴高采

---

① 《大北极》（*Ice Station Zebra*）是由美国导演约翰·斯特奇斯（John Sturges，1910—1992）执导的一部动作剧情片，讲述了美国的一艘核动力潜艇开赴北极途中发生的一连串不可思议的意外事件。该片于1968年上映。

烈的女孩想在我们出发去吃晚饭前跟我们说明一下情况，其中一人告诉我们，每年的这个时候，北极光随时都有可能突然出现，因此，必须时刻保持警惕，不过，她也承认，如果按1到9来打分的话，明天出现北极光的概率只有2分，但后天就会升到3分。况且，北极光也不是城里唯一的消遣，我们也许是冲着北极光才大老远地跑到杰西卡口中这个“冻死人的鬼地方”的，但我们也可以做些其他的事，比如说一早我们还要去体验狗拉雪橇。在这里，你看天色根本分不清是早上、晚上，还是下午。

去过超市之后，我们又出门去吃饭，这一路就像是在攀登K2峰。要玩一个上午的雪橇，就得套上更实用的装备：三双袜子、保暖内衣裤、两件T恤、一件粗制休闲衬衣、一件袖口很应景地绣着挪威国旗的厚毛衣、一顶羊毛帽、一副手套，和一件奇大无比的派克大衣，所有这些还只是我的打底装束。一辆面包车从酒店接了我们，穿越沉沉黑暗送我们来到规模庞大的探险中心总部。我们在这里套上了风雪衣、巴拉克拉瓦盔式帽、滑雪护目镜、雪地靴和连指手套。这样全副武装后，又套上笨重的靴子，整个人简直无法动弹。我们又回到车上，奔赴下一个目的地——雪橇犬基地。我们有六个人：我和杰西卡、一对移民到丹麦的罗马尼亚夫妇，以及我们的两个导游——比吉特和夜帝。

“夜帝[①]？”我说，“好狰狞的名字！”

基地的入口处装饰着几块海豹皮，它们被挂在一个三角形的架子上，就像结了霜的棚屋框架造型的现代艺术作品。这里有九十条狗，九十条拴着链子的阿拉斯加雪橇犬在又是屎又是尿的冰上狂吠。灯光、围栏和雪都让我们觉得好像一头撞进了犬类的集中营，倒不是说这些狗狗不开心或者缺乏关爱。它们用力扯着皮带，急着想要挣脱束缚往外奔去。谁都有走运的一天，这些狂吠的主都希望这次轮到自己走运了，但事实不完全是这样，虽然很难让人相信，在这冰天雪地的环境中，母狗居然还在发情，公狗则急着想把爪子搭到母狗身上去。在我们看来，这是它们友好的表现，可不是因为性欲冲动在发狂，它们可爱极了，但这些吠嚎听起来就像是狗噩梦中的配乐。这些狗有着好听的名字，选出来的幸运儿里有朱尼尔、五十、艾弗里、玛拉、育康，还有丹碧丝（这个也许是我弄错了）。它们将在这个白天和我们

① 夜帝（Yeti），即Abominable Snowman，字面含义为狰狞的雪人，指的是雪怪。——译者注

一起外出，说是白天，其实和深夜没有任何区别。虽然天很黑，我还是能够看到这些雪橇犬的眼睛，它们的眼睛很奇怪，淡淡的，透着一种乳白的清澈，似乎脱离了所属的身体独立存在，像飘浮在狗形宇宙里的星辰。大概这样的眼睛具有夜视功能，即便在最深的黑夜，也能看得很远。我被这样的眼睛包围着，它们冷冰冰地闪着清澈的光，这种清澈似乎毫无灵性甚至生命力。我们的部分任务，也是他们宣传的这个白天的乐趣之一，就是牵着这些选出来的狗，给它们套上挽具，再把挽具固定到雪橇上，每架雪橇要拴上六条狗，就如同这白天其实就是深夜，这所谓的乐趣纯粹就是苦役。我快被狗叫声逼疯了，脚趾也已经冻得完全麻木了。我一直在担心冻麻了的脚趾，而且我还在反复检查全身上下每一寸肌肤是不是都包裹得够严实，因此没有仔细去听怎么套挽具，反正我也听不清，我被派克大衣和风雪衣的帽兜包裹着，满脑子回荡着九十条阿拉斯加雪橇犬的狂吠。一半的狗在发情，所有的狗都疯狂地想要出去跑一圈，或者操一顿，或者两样都想。套挽具的时候，这些狗抬起前爪来配合我，这可不是件轻松的活，这就像把婴儿的腿塞进连体裤里那样，只不过这个婴儿与生俱来就知道如何为北极冰原雪橇探险做准备，在这方面拥有一生的经验。给这三组狗上鞍花了老半天的时间，部分原因是风雪衣下塞了这么多层衣服，你行动起来只能像个深海潜水员那么缓慢。我个头高，套了这么多衣服，就像伫立在这极地之夜里的阴森的死神。死神，你莫骄傲！一时间，我被挽具和绳子各种数不清的、莫名其妙的部位缠住，狗儿们都在蹦着要越过对方，搞得我人仰马翻，重重地往后一栽，倒在了坚硬的冰面上，隔着这么多层衣物充当的肥膘，感觉就像落在涂满了尿渍的海绵蛋糕上。由此，我发现了一个事实：即便是极致的黑夜与严寒，也扑不灭人类对嬉闹的需求。

最后，总算都搞定了，可以出发了。我们每次租车，都由杰西卡把车从停车场开出来，先试着跑上几英里，这时候我们对车子的操作系统还不熟悉，发生事故的概率是最高的。然而，这一次是我在驾驶，我让她来驾驶，但她坚持称这是我作为男人的特权，然后自己一屁股就坐在了雪橇上一块看起来很舒服的蓝色毡毯上。过了一会儿，我们就出发了，没有听到发令号，但我们还是出发了。第一组先跑了，第二组也跑了，我们殿后，在后面全速追赶。这些雪橇犬可是来真的，这点毫无疑问。我手里还握着雪橇的锚，挣扎着想要把它挂到雪橇边上去，以免它刺穿杰西卡的头，就像鱼钩戳进一条巨大的人形鱼的面颊一样。猛然间，速度完全不受控制地蹿了上去，我们正在沿着斜坡往山下冲，为了避免翻车，我们只得向后仰着身去迎合坡度。隔着帽兜，我还是能够听到狗叫声，其实到这时候，我的脑袋里已经灌满了这种声音，这也可能是之前在雪橇犬基地听到的叫声仍萦留在我耳边，而不是这群在北极的黑暗中撒足狂奔的雪橇犬发出的兴奋的狂吠。驾驶雪橇很吃力，吃力到让我出了汗。身体能热起来当然感觉很好，但出汗就不好了，因为我记得在《无尽之夜》（*Night Without End*）里读到过，运动一结束，汗水就会结冰。阿利斯泰尔·麦克林[①]的这部小说，书名真是起得贴切。我们飞驰着，沿着斜坡往下冲，突然间，雪橇失去了控制（其实说真的，我从一开始就无法操控它，根本谈不上控制），我从雪橇上跌了下去，深深地栽进厚厚的雪里，雪橇翻了出去，但这时候应该充当刹车的锚并没有派上用场，雪橇犬还在往前蹿，它们好不容易获得解放可不是为了就这样草草结束这场外出旅行的。隔着帽

---

① 阿利斯泰尔·斯图尔特·麦克林（Alistair Stuart MacLean，1922—1987），英国小说家。《无尽之夜》是他于1959年出版的一部惊悚小说，讲述了一架客机坠毁后，幸存的六男四女找寻坠机真相的故事。

兜，我还是能够听到杰西卡在大声喊着“停下！”，她被缠在雪橇下面拖行了五十米，说不定，锚已经扎进了她的头盖骨。我在后面追着跑的时候，满脑子想的只有她的安危，心里在默默地说：“我就说嘛，应该先由你来驾驶的。”其他组跑得比我们还快，因此过了很久，他们才注意到我们。最后，比吉特和夜帝赶了回来，把雪橇从杰西卡身上拉开。她没有受伤，但着实受了惊吓，不愿意再继续跑下去了。说实话，我还是挺享受从雪橇上翻出去的感觉的，这和我几年前在赞比西河玩激流划艇时从橡皮艇上翻下去的感觉一样刺激，只不过那次的天气和现在这包裹着北极灵魂的沉沉黑夜是截然相反的。我们站在一起，忙着把乱成一团的缰绳和狗解开，这简直是史上最离谱的乱结。在头灯的照射下，我们的呼吸搅起了一阵阵小型的暴风雪。虽然我说的是“我们”，但其实我就站在那里，什么都没做，不停地出汗，喘着粗气，担心自己再用力，就会像科学怪人那样被埋进汗水结成的冰川里。事实上，我的确想要做点什么，我想要给这个“事故地点”拍几张照片，但我的相机冻住了。这里完全不适合摄影、居住、旅行，也与快乐无缘。杰西卡已经受够了，在劝说下，她才答应继续玩下去，但必须由比吉特或者夜帝——而不是“那个蠢货”——来驾驶她的那架雪橇。

“她吓坏了，”我说，“她不知道自己在说些什么。”反正我也不想再驾驶了，于是我们俩索性都当了乘客，各自坐上了导游驾驶的雪橇。这样一来，跑得顺多了。

这时候，我发现天色并不是一片漆黑。昏暗的光勾勒出不知道是山还是什么东西的黑魆魆的轮廓，还有些微弱的星光在隐隐闪烁着，但总体给人一个无法抗拒的印象：眼前什么都没有。我的脚趾还是麻的，尽管担心汗水结冰，我却感到出奇的暖和，而且我还发现杰西卡坐过的蓝色毡毯原来是个迷你睡袋，这样我就能够再加一道保温隔热层了。这样包裹得像个冰冻的木乃伊，在贫瘠的荒原上疾驰，实在是件很有趣的事。我脑海里只有一个想法：这要是在二月的神秘暮光下，该多好啊！那时候，你就能清楚地看到自己所在的地方，但话又说回来，至少现在天空中还隐约透着点光，虽然按正常的定义，也还得算是漆黑一片。哎呀，我真是爱上这些雪橇犬了。不管从事什么工作，不管是人还是动物，只要能把自己的工作做好，我都喜欢。这些雪橇犬的工作是拉雪橇，对此，它们完全是不遗余力，兢兢业业。我在阿蒙森南极探险的文章里读到过，在艰难的环境中，雪橇犬会沦为同伴口中的食物。夜帝一路高唱着指令和鼓励，抑扬顿挫，煞是好听，说不定这样是在不断地提醒这些狗，弱者会沦为强者口中的食物。一直以来都是这样，将来也不会有丝毫改变！既然她在唱，我也唱了起来，唱的是电影《全金属外壳》[①]里的其中一首操练军歌：“我本不知道，但据说……我本不知道，但据说……爱斯基摩女人的屄超级冷。”然后，我想起了电影《冰原快跑人》[②]，除了不少可圈可点的精彩之处，它还激烈地反驳了这种论调。我的脑子在神游，但它不断地被拽回当前的现实——我们暴露在户外，天色漆黑，地平线上那点昏暗的天光早已消失，微弱的光明转眼已成过眼云烟，在这冻死人的环境中，北极光还是无处可见。

我们花了一个小时才回到基地，迎接我们的又是这吵翻天的狗叫声，虽然吵，但其实还挺可爱的，这些已经出去跑过一圈、走了好运的狗儿们和它们那些还没出

---

① 《全金属外壳》（*Full Metal Jacket*），是美国导演斯坦利·库布里克（Stanley Kubrick，1928—1999）执导的战争电影，讲述了美国海军陆战队在越南战争中的故事。该片于1987年在美国上映。

② 《冰原快跑人》（*The Fast Runner*），是加拿大导演扎克拉尔斯·库纳克（Zacharias Kunuk，1957—　）执导的电影，讲述因纽特人被传说中的邪灵入侵而发生分裂的故事。

去过、满怀希望盼着出头之日的小伙伴们一起狂吠着。我们得把挽具卸下来，把这些狗还回狗圈，但我连装装样子的帮忙都没有做，我就站在边上，脑子里想着冰冷的双脚，任导游去做这些苦差事，反正她们也是拿了钱的。要在挪威过日子，支付严苛的生活成本，她们拿的钱当然不会是个小数目，即使这意味着她们拿的只是最低工资，这最低工资也一定有差不多十万美元一年。狗回圈后，我们迈着沉重的步子来到了温暖舒适的猎人的小屋。就像天空中所谓的“光”其实与黑暗无异，按任何正常的标准来判断，这小屋里面其实冷得要命，但相对于这里的环境而言，它已经算得上暖和了。我们喝着热咖啡，聊着关于冻伤的话题：要是脸上冻伤了，你就把手放在那里，不要揉，就用带着体温的手捂着脸颊，当然，前提是你的手还没有冻成一块硬邦邦的血冰坨。比吉特和夜帝都是二十出头的年纪，两人都很喜欢这里的冬天。

“为什么？”我问。很显然，虽然没有说出声，但其实在我心里还有“到底”两个字，连起来就像这句话——“到底为什么会有人想要待在这样的鬼地方？”好吧，她们喜欢这里的社交生活，喜欢天亮得迟，而且对于她们来说，今天过得很愉快。此前，比吉特去外地度假，离开了十天，在她最近一次离开的这段时间里，这里根本没有一丝自然光，今天倒还有点微光，这样看来，这极夜虽然还是铺天盖地，但已经在慢慢消退，毕竟每一条隧道的尽头都有光明。

“我还是搞不懂，”杰西卡后来说，“为什么会有人选择住在隧道里？”

在所谓的“下午”那段时间里，我们就窝在房间里。杰西卡说起了她正在读的安妮·迪拉德[1]的文章，里面论及极地探险者和记录他们探险之旅的散文肃穆严谨的文风。迪拉德想知道这是不是选择过程的一个阶段，“还是说某些维多利亚时代的名人检视着他们自己的散文风格，意识到这个也许令他们沮丧的现实——看起来，他们也不得不加入极地探险了”。我还记得，当时我在脑子里给自己提了个醒——“不要走肃穆华丽的路线。”我不知道在这之后自己做了什么，我想我一定是脑子里长了冻疮或是得了什么毛病，因为我就坐在那里，像化冻一样让自己缓过来，脑子里一片空白，直到

① 安妮·迪拉德（Annie Dillard，1945— ），美国作家、诗人。

是时候出发去附近的雷迪森酒店的酒吧吃晚饭。在平常的地方，这也就只是步行十分钟的路程，但这时候在我们的头脑中，要说在一个地方，“出门”这一简单的行为不需要认真的筹备和计划，这样的念头已经有了一种古雅趣致，令人难以置信。这是这个星球上，也可能是所有星球上有史以来最冷、最黑的夜。我不时抬头看看，生怕会错过北极光，但在绝大部分时间里，我都紧盯着地面，生怕自己滑倒。

雷迪森酒店的酒吧里充斥着各种关于北极光的消息和传闻，游客和本地人都有自己的一套说法。北极光随时都有可能出现，但最有可能是在夜晚，六点以后，也有人说十一点以后活跃的概率大些。我喜欢“活跃”这个词，带着点超自然的意味，但主要还是因为这是在餐厅里听到的。然后，又有人说我们所在的这个地方太靠北了，是看不到北极光的。我们听得云里雾里，非常沮丧，所以这时候听到酒吧男招待宣布大屏幕上会有英超联赛直播，我们着实感到欣慰。阿森纳对曼城！让北极光见鬼去吧！不按计划来，没准还只是个传说。这场灯火通明的赛事可是按计划进行的，很准时，就跟宣传的一样。酒吧里挤满了人。下半场比赛进行到一半的时候，刚才匆匆跑出去抽烟的女招待回来告诉我们，北极光出现了。我们嗖的一下就蹿了出去。眼前是茫茫夜色，微微幽光，但是这座小城的光污染令我们几乎什么都看不到。于是，我们又回到室内继续观看比赛，不确定应该为回到室内、逃离了严寒而感到安心，还是应该感到沮丧，因为我们可以想什么时候看联赛就什么时候看，但这可是体验北极光千载难逢的唯一机会。

到了所谓的“早上”，贝斯坎普酒店前台那个兴高采烈的女孩问我们前一天晚上有没有看到北极光。

“没有，可是我们球赛是看到了呀！”当然，我只是开玩笑而已，尽管从严格意义上来说，我没有开玩笑。实际上，我失望得很，但事情来了个北欧式的怪异反转，我们倒成了让接待我们的主人失望的罪魁祸首。这里面的含义很明显：没看到北极光不是因为它不出现，而是因为我们的过失，悟性和态度上的过失。这我可有点接受不了，说出这样的论断令我“心生愤懑”，虽然我通常不会用这个词。其实用大白话展开来说就是，“姑娘，你要是跟我玩挪威神秘主义这一套，那我就用英国中产阶级游客的那一套来对付你”，即使这意味着我们摆出一副萎靡不振的沮丧模样杵在那里。我们是想看北极光的，我们大老远地跑到这个遭了罪的破地方来看北极光，还偏偏选了一个无论从其他哪个角度来看都极糟糕的时间，但是，北极光看似没有那么醒目，也没有那种令人惊叹的气势，这可不是照片上那些旋转的、泉涌的、光怪陆离的绿光给你留下的印象。有时候，它是那样难以捕捉，以至于你只有把眼睛和心态都调整到位才能看到。俗语说眼见为实，看到了才能相信，而另一方面，你只要相信了，也就等于看到了。一旦你看到之后，一旦知道了自己在找寻什么，你就会相信自己还能再看到。这一点倒是令我想起了我一开始从大麻中体验快感的那几次尝试（这又令我想起有一种很有名的纯印度大麻就叫北极光）。那时候还没有效力超强的臭鼬大麻，你还没有体验过那种明明白白地知道自己的脑袋瓜被爆开的感觉，所以你只有知道了嗨起来是什么样的，才能体验到嗨的感觉。我原以为对这个地方来说，在这个季节，北极光是标准配置，但这个话题聊得越多，北极光就越具有一种无法验证的光环，就好像尼斯湖水怪或是喜马拉雅山雪人那样。

我们的心情变得更糟了，天空中活跃性的缺失和我们自己越来越不活跃的现状之间似乎存在着一定的关联。我们潜伏在房间里，渐渐地变得越来越灰心，越来越沮丧。这也许可以说是因为我们还不能适应这里极度严寒的天气和没完没了的夜晚，然而事实却恰恰相反，很多游客虽然觉得难以置信，居然有人能长年累月待在这里，但他们似乎很喜欢这种新奇的感觉——连着三天的北极之夜。我们对斯瓦巴德群岛的反应如此强烈，以至于直接跳过了这段蜜月期，把这三天熬成了三年，我们一头栽进沉沉昏暗中郁郁不振，这种昏暗和忧郁会持续不断地蚕食长年待在这里的人。到了第三天还是第四天的早上，于我们而言，倒不妨说是第三十天或第四十天的早上，夜帝来敲房门，通知我们做好准备去玩摩托雪橇，我们在之前就报了名要参加这个项目。我从床上下来，打开一道门缝，告诉她我们不打算去了。

这有什么意思呢？这话是我当天在前台再次看到她的时候对她说的。之前玩狗拉雪橇的那段悲惨经历都已经体验过了，一样的严寒，一样的黑暗，什么都看不见。“不了，非常感谢。”说完这话，我就转过身，一步步挪回床上。窝在房间里的确很可悲，但总好过不在房间里待着。

“北极光可能会来敲门，”我和杰西卡说，“但我也懒得搭理它了。”

整个所谓的“白天”，我们都窝在房间里，无精打采，到了所谓的“晚上”，才逼着自己起身出门，走进冰冷的寒夜里。我们在严寒和漆黑中举步维艰地向市区边上的餐厅走去。这一带有北极熊出没，但据说只要沿着路走，就不会有危险，在某种程度上，提防北极熊是我们眼下最不操心的事。我们一路上很自然地保持警醒，不仅是为了提防北极熊，也是为了留意北极光，我们在看，我们已经准备好了去相信、去看。一方面，我们保持着一种让自己去相信的包容力；另一方面，在内心深处，我们开始相信，就算真的有北极光，我们也是看不到的。嚼完了驯鹿肉排，我们又艰难地在这冰冷的夜色中冒着严寒往回跋涉。没什么东西可看，我们走这段路唯一的意义在于熬完这段路后知道自己没有因此死掉，逃过一劫，能活下来讲述悲惨的经历，这段故事最后变成了你在看的这个故事。

次日，我们就离开了，两手空空，两眼空空。与贝斯坎普酒店工作人员的关系变得有点冷冰冰的。我拿夜帝的名字开的玩笑变得朗朗上口，以至于后来我和杰西卡提到她就只把她叫作“狰狞的夜帝”，但这玩笑并没有使我们博得她的好感，的确也没有发生什么事能让她对我们青眼相加，反而是一连串的事，尤其是我唱的电影《全金属外壳》里的那首歌，让关系变得越来越冰冷。我们就像卢尔德的虔诚信众中的怀疑论者，他们巴不得我们离开；这无所谓，因为我们也巴不得离开这个地方，我们已经习惯称它为“这个恐怖的地方”或者“这个他妈的鬼地方”了，后来“狰狞”成了我们最喜欢的形容词，被保留下来。我们已经拥有了这段终生难忘的经历，但它并不是我们期待的那样；它就像是把一生的失望都浓缩进了不到一星期的时间里，而这一星期感觉像是占了我们一生中大部分的时光，而这“大部分”恰恰也是最坏的。

沉闷的巴士载着我们穿过这狰狞的城市来到了机场，来到了航站楼。我原本以为这段经历也许会让我们的夫妻关系变得紧张，但是感受了如此放肆的萎靡和沮丧后，我们的心反而更贴近了，即便这在旁人眼里并没有那么明显，因为我们就这样一言不发地坐在令人郁闷的航站楼里等飞机——值得表扬的是，它是准点起飞的，一刻都没有耽搁。飞机在特罗姆瑟落地后，我们在雷迪森的酒吧里遇到的一对英国夫妇问我们：“你们看到北极光了吗?”据说，北极光在我们飞行的时候以特约嘉宾的姿态闪现了片刻——但偏偏是在飞机的另一边。我们的头顶好像总是罩着一片乌云。尽管我觉得情绪已经跌到了谷底，但它还是变得更低落了。后来，我们在奥斯陆再次转机后，情绪又再度下沉。虽然他们向我保证过会给我应急出口位，但我还是发现自己被夹在一个狭窄得令人难以置信的座位上，完全伸不开腿。一个五十来岁的挪威空姐过来问我们需要些什么，这个昔日的金发尤物指的是食物和饮料，但在朗伊尔城的酒店房间里受过囚禁之苦后，我开始大声抱怨这座位，这“狰狞”的座位不给我任何可以伸腿的空间，我就像一只得了深静脉血栓的鸡一样被困在笼子里。杰西卡已经陷入了一种紧张症的状态，她一句话都没有说；我却像被冰冻后正在痛苦地复苏的一条胳膊或腿，这些天来头一回从愤怒中找到了活力。不像狰狞的夜帝和贝斯坎普酒店的其他女孩子那样，因为我们态度不好就不待见我们，这个空姐非常同情我，她也觉得对一个像我这么高的男人来说，这座位确实窄得令人无法忍受。她给我拿了点橙汁。免费的！我终于平静下来，尽管脑子里还在继续表达愤怒，控诉受到的不公正待遇。然后，就在飞机要准备下降停靠希思罗机场的时候，一件令人意想不到的事发生了。那个空姐又走了过来，她在走道里跪了下来，一只手搭在我的膝盖上，她注视着我那沮丧的、没有看到北极光的双眼，再次强调我该有多难受，她有多抱歉，她说终有一天，我会得到应该属于我的座位。她目不转睛地看着我，她说这话的时候，我真的就这样相信了。

六

我母亲是在什罗普郡沃森村的一个农场里长大的，我从来都不喜欢去那里探望外祖父母，他们的房子和周围的乡村都被一种阴冷潮湿的愁苦氛围笼罩着（据说我外祖父被一个吉卜赛人诅咒过），但却并不缺乏其独特的阴郁魅力。这里所有的一切看起来都比我们在切尔滕纳姆住的地方要古老得多。附近有个湖叫马顿池，据说深不见底，人们都认为它很危险，在里面游泳的人有可能会被湖床上生长的芦苇缠住。作为一个孩子，我当时并没有察觉到一些事，我现在才知道这些事不仅没有否定，而且还进一步证实（或者说验证）了这个地方是在神话国度里。

关于蒙哥马利教堂墓地里强盗的墓的故事，我也听了很多遍，外祖父和母亲告诉我，有个人因为偷了只羊就被绞死了，在绞刑架上，他坚称自己是无辜的，他预言自己的墓地上会有一块十字架形状的不毛之地，来印证自己说的是真话，最后，他还是被处死了，天色瞬间就暗下来（人们很可能会觉得这一气象细节是事后为了渲染气氛加上去的，因此不大会相信）。大概在我十四岁那年，我们开车去蒙哥马利探访这个传说中的地方。你很容易就能在凄凉的墓地里找到它，真的就如所说的那样，有一块地方没长草，形状近似十字架，其实更像是钻石。这个墓已经成了一处旅游景点，即使在当时那么小的年纪，我也怀疑这形状是刻意保持和维护的结果。靠除草剂吗？然而，从一开始听到它的传闻，到后来亲眼目睹，这全部的过程显然已经留在了我的记忆里，我在英文O级考试时还写到了这个地方。

白　沙

我和妻子驾车沿着54号公路从阿拉莫戈多一路向南赶往埃尔帕索。我们在白沙公园待了一下午，那耀眼的白光此刻还在灼烧着我的大脑，我担心它甚至已经对我的眼睛造成了永久性的伤害。这些沙子是由石膏形成的，不管是什么东西，总之明亮得如同刚刚落下的雪，实际上比雪还要亮，亮得不可思议。白沙，这是个非常好的名字，尽管一开始我们还觉得这地方有点让人失望。一开始，沙子的颜色不纯，看上去不是十分白，然后，再往前，我们发现沙子开始爬到路面上，颜色也白了些，接着很快，一切都变白了，连路都是白的，再后来，路不见了，只留下这耀眼的白。我们停好车，走了进去，走进了这片白色世界。太不可思议了，居然真的有这样的地方存在。天空是一片纯净的湛蓝，但必须强调的是这沙子的颜色已经白到了极致。要是不赶时间，我们很乐意在这片纯净的旷野上再待上一会儿，但我们当晚必须赶到埃尔帕索，于是就回头上了车，离开了这个公园。

杰西卡驾驶着车，傍晚时分，我们已经到了阿拉莫戈多以南六十英里的地方。天色渐渐暗下来，一列货运火车沿着与公路平行的轨道，也在一路向南跑。

“搭便车的！”我指着路边说，“我们要不要载上他?”

“要吗?”杰西卡放慢了车速，这下可以看得更清楚了，一个二十八九岁的黑人小伙子，干干净净的，看上去不像是疯子或者有什么难闻的气味。车子缓缓地向前爬着，我们仔细打量了他一番，他看上去没什么问题。我放下车窗，副驾驶座那侧的车窗。他笑起来的样子挺亲切的。

“你们去哪里?”他问。

“埃尔帕索。”我说。

“那太好了。”

“是啊，上来吧。”

他打开车门，钻进了后座。目光在后视镜里交会，杰西卡说："嗨。"

"谢了。"他说。

"不客气。"杰西卡踩下油门，车速又飙回七十，不久我们就赶上了左边轨道上的火车，又与它保持并行了。

"你从哪里过来的？"我扭头问他。这时候我发现他也许没有我起先判断的那么年轻，他脸上有着深深的皱纹，但目光还是很友好，笑容还是很亲切。

"阿尔布开克。"他说。我有点吃惊——照道理来说，从阿尔布开克去埃尔帕索应该直接走I-25公路。"你们是从哪里来的？"他问。

"伦敦，英格兰。"我说。

"联合王国。"他说。

"对的。"我又把头转了回去，朝向正前方，因为我担心这样在座位上扭着头，脖子会抽筋，我的脖子是很容易抽筋的。

"我猜对了。我喜欢你的口音。"他说。

"那你呢？"

"原籍是阿肯色州。"

"我母亲就是从那里出来的，"杰西卡说，"阿肯色州的埃尔多拉多，后来她就去了英国。"

"我是从小石城出来的。"他说。

“和费拉·桑德斯[1]一样。”我说了句毫无意义的话，但我喜欢炫耀，炫耀自己很博学，这一次是炫耀自己对爵士乐和黑人爵士乐手都很了解。这人显然不是爵士乐迷，他只是点了点头，没有接话。然后我们就准备陷入沉默，这种时不时被打破的沉默在这种情况下是最适用的。我们已经搞清楚了我们从哪里来，要到哪里去，车里洋溢着愉悦的气氛。然后，还不到一分钟，这种愉悦的气氛就因为一块告示牌而发生了彻底的变化：

告示

切勿让陌生人搭便车

附近有多家监狱

我看到了这块牌子，杰西卡看到了这块牌子，我们这个搭车的朋友也看到了这块牌子，我们都看到了，这块牌子完全颠覆了我们之间的关系。令我吃惊的是这复数：不是一家而是多家，有好几家啊。告示上并没有说明有几家，但显然不止一家。牌子上写的是“告示”，而不是“警告”，这多少让我获得了些安慰。我没有看

① 费拉·桑德斯（Pharoah Sanders，1940— ），美国爵士乐手。

杰西卡，她也没有看我，根本没有必要，因为在某种程度上，大家都在看对方。谁都没有去看对方，也没有说一句话。一直以来，我都相信有气场这一说：好的气场，坏的气场。我们看到牌子后，车里原本好好的气场就完全变了样，变得很糟糕。物理事实就是这样，不知怎的，车里的分子经历了一个化学变化的过程，这个空间已经不再是一分钟前的那个空间了。天色也比先前暗了些，这是另外一个因素。

我们很快就看到了两处这样的地方，毫无疑问，这设计就是用来关押人的，它们一左一右分踞公路两边，都和公路拉开了一段距离，都有高高的铁丝网围着，打着明亮的弧光灯。没有窗，它们迫切地一心想遏制住危害，于是干脆把窗都省了。与此同时，两个地方都有一种宜家的风格。我真希望这就是宜家，如果我们的搭车朋友说他是来买沙发或厨房用具的，他的车坏了，那该有多好，我们就可以体谅他的难处了。但事已至此，就这样，谁都没有说话。虽然谁都没有说话，但我知道自己心里在想些什么，我在想我还从来没有像现在这么迫切地想把时间往回拨一两分钟，我想把时间拨回去，和杰西卡说："我们要不要载上他？"然后听到她回答："不，不要。"车子快速地驶过去，任他留在原地。但今生你是别想把时间拨回去了，两秒钟都不行，事情发生就是发生了，一切都有后果。现在的后果是我们不能改变当初载他的事实，但我们能叫他下车。我可以说："听着，哥们儿，我很抱歉，但既然这样，你能不能从车上给我滚下去？"我可以这么做，但我并没有做，这有几方面的原因：首先，我担心要是真的提出让他下车，他可能会勃然大怒，杀了我们；其次，我担心这样请——实际上是直接要求——他下车，会很不礼貌。因此，我们并没有叫他下车，而是在紧张沉默的气氛中继续开着车。车子跑得很快，慢下来也没什么意义。然而无论什么情况，总有它好的一面值得强调：眼下，交通状况倒是好得很。杰西卡紧紧地抓着方向盘。没有一个人说话，这沉默让人无法忍受，但又不可能去打破它。我不知道该做些什么，就打开了收音机，还是之前的古典摇滚乐电台，我们白天早些时候在抵达白沙公园之前一直在听。在新墨西哥州渐渐沉下来的天色里，收音机里的音乐一出来，我就从叮当叮当的钢琴声和嗖嗖声中听出了《暴风雨中的骑士》[①]这首歌，我是大门乐队的

① 《暴风雨中的骑士》（*Riders on the Storm*）是美国摇滚乐队大门乐队（The Doors）于1971年演唱的一首歌曲。

忠实歌迷，但此刻我可不想听，难以置信吧。过了一会儿，我听到吉姆·莫里森在轻声吟唱：

> 路上有个杀手
> 他的脑子像蟾蜍般蠕动……

打开收音机迎来的是这么应景的灾难性结果，现在再想把它关掉，已经不太可能了。我们三个人就坐在那里，听着他唱：

> 如果你让他搭你的车，幸福家庭会遭殃……

吉姆·莫里森在其他歌里的忠告，杰西卡都是一一照办的。她双眼盯着路面，双手搭在方向盘上；我双眼盯着路面，双手搭在大腿上。天色还在继续向黑夜转化，迎面而来的车灯非常刺眼，令人有一种不祥的感觉。歌还在继续唱着，雷·曼札克[1]在表演爵士乐曲风的独奏，弹的不知道是电子琴还是别的什么。我心想，

① 雷·曼札克（Ray Manzarek，1939—2013），“大门乐队”创始人之一，键盘手。

这完全是噩梦般的处境。听着歌里传来的雨声，我恍然间觉得这里——新墨西哥州晴朗的天空下，在阿拉莫戈多以南前往埃尔帕索去的路上——也在下着雨。我还没来得及继续想下去，后座那家伙突然清了清嗓子，这在车内紧张的气氛中听起来就像爆出了一声枪响。

“听着，哥们儿。”他说。

“怎么了？”我说。几乎在同时，杰西卡也说了声：“怎么了？”在同时迸发的绝望的礼貌驱使下，这两声脱口而出的询问就像是从双管枪里打出来的子弹。

“让我来解释一下。”

我们就想听解释，事已至此，我们唯一更想要的，就是他主动下车，自己去投案。

我在后视镜里看到了他的眼睛。这一幕你经常会在电影里看到：车上的人的双眼被框在后视镜里，后视镜又被框在挡风玻璃里，挡风玻璃又被框在电影屏幕里。基本上，这样的眼神看上去都不会是和善的，总是充满了不祥的预感。此刻，我看着他的眼睛，我们彼此看着对方，这些联想令我无法解读他的眼神。而且，我最近刚看了泰伦·西蒙[1]的摄影展《无辜者》（*The Inno-*

① 泰伦·西蒙（Taryn Simon，1975— ），美国当代艺术家。

cents），照片上的男男女女（黑人居多）都曾顶着可怕的罪名，其中一些人已经服刑二十年，他们的刑期长得不可思议（在有些案件中长达数百年），后来，在争取到DNA检验的权利之后，才终于得以翻案昭雪。这可不是因为还有疑点，也不是因为诉讼程序上的某个细节导致宣判存在争议（比如在某个案件中，警察**知道**嫌疑人有罪，但证据不足，于是伪造了证据），不是的，事实是法律判定的那些可怕的罪行根本不是他们犯下的。看着他们的脸，你想要判断这些人无辜还是有罪，这是行不通的。无辜的人可能看起来像有罪，而有罪的人也可能看起来很无辜，一个人看上去像什么都有可能，无辜还是有罪，从脸上是判断不出来的。很不幸，他们背负了这些可怕的罪名，而这些罪行其实是由**某个人**犯下的，甚至有可能是这样：这些人中的某些人之所以会被卷进这样的冤假错案，是因为这些罪行——这些可怕的罪行——是由坐在我们后座的这个家伙犯下的。此刻，他正缓缓说道：

“我猜那块牌子把你们吓坏了，是吧？”

“岂止，”我说，“而且，说实话，那首歌也确实让我们没法安心。”

“好吧，让我来告诉你们发生了什么事。”

“那太好了。”我说。有时候，我觉得人活在这个世界上，一辈子真正想要得到的就这点东西：一个解释。把问题说清楚，坦白事实，让我们了解情况，这样我们就可以做出基于事实的判断，决定下一步该怎么办。

“我以前是犯过事，坐过牢，服了刑。听到了吗？我一年多前就出来了，我现在只是要搭车，去我要去的地方。告诉你，哥们儿，我就只是想去埃尔帕索。”

“哦，既然这样，”我清了清嗓子，这种情况下，你不先清清嗓子就说不下去，“既然这样，我想把你放下来对谁都好。”

“是对你们好，不是对我。”

“好吧，我想你说得对，但是，既然这样……”除了不停地清嗓子，我还不断地说着“既然这样”。既然都已经这样了，这是无法避免的。“嗯，事实是，”我继续说，“我们希望能有一段愉快轻松的旅程，但现在看起来这是根本不可能的。既然这样，现在看来，其实已经完全没可能了。”

“你看，问题是，我不想下车。”必须强调的是，他说这话的时候完全不带一丝威胁的语气，他只是在陈述他的观点，但陈述这一特定的观点不可能不带一丝威胁。我担心他是那种情绪不稳定的人，情绪波动得很厉害。我自己也有这样的问题，但此刻，我的情绪波动没有下沉厉害，如果这样说得通的话，它是在**朝一个方向**波动。杰西卡紧紧地抓着方向盘，眼睛一直盯着路面。在某种程度上，我开始觉得我们之所以会陷入这样的处境，主要是由于她的过错。如果只有我们俩——我的意思是，如果我们陷入同样的处境（也就是说不会只有我们两个人），但反正**就只有我们俩**——我很可能已经控制不住脾气，并且向她发泄了出来。

“让我来解释一下。”他说。因为害怕脖子会抽筋，我没有转过头去，就这样直直地盯着前方，看着夜色中迎面而来的车灯以及前方车子的红色尾灯。他说他之前在一家超市买东西，他妻子和别人有奸情，而这个人的哥哥就在那家超市工作，有一天，他本来得去上班，但因为感冒就开溜了……

我看着对面驶过来的车，模模糊糊的车灯从眼前晃过，令人昏昏欲睡，我看着这些车、这些灯和漆黑的天空，心里在想什么时候才能到埃尔帕索……

然后，他又回到了超市……我意识到自己居然听到一半就打瞌睡了。其实，这不是一个有意思的故事，或者至少他不擅长讲故事，他不断地东拉西扯。我感兴趣的是他的故事，不是他讲故事的方式。几分钟前我还在担心他可能是个杀人犯，但现在我担心他会是个无趣的话唠，但也有可能他既是杀人犯又是无趣的话唠。近几年来，我一直有这种感觉——我集中注意力的能力在下降，越来越不善于倾听。可即便这样，我也从来没有像此刻这么心不在焉，而这一刻，偏偏又如此需要专注，显然，这才是对我最有利的做法。听他讲，专心地听他讲下去，集中注意力，这实在很重要，但我做不到，我想听，也应该听，但我做不到，我就是做不到。可能正因为有一些像我这样的人在担任陪审团成员，他们不能专心听别人说话，才有这么多的冤假错案，这么多的误判。我心里在想，不管我该想什么，该专注于什么，我总是在想别的，这别的无外乎就是我自己和我的问题。想到这，我发现他的声音消失了，他的故事讲完了，被告陈述完毕。

“我们得加油。”杰西卡说。

“她说的是汽油。”我说。几英里后，我们驶进了一个加油站，停了下来。我很讨厌给车加油，尤其是在美国，你得先付钱，很麻烦，而且好像总会把你弄得油乎乎的，但这次，我和杰西卡都想来操作，这样我们就不用单独和这家伙待在车里，但我们又不能两个人都下车，因为他也许会攀过车座，自己把车开走，只不过他开不了，因为我们得用钥匙开油箱盖；只不过这是在美国，这是辆租来的车，它没有油箱盖锁。这个搭车的家伙和这局面有关的一切让我的脑子有点短路。我和杰西卡都下了车。我来加的油，这活很简单。我看着加油泵上滚动的美元和加仑的数字，虽然眼下这些数字不是我最关心的问题，但不可能不注意到一个事实：美国的汽油价格竟然比英国便宜这么多。

这时候，我们的新朋友也下了车。他穿着黑色的牛仔裤和运动鞋，运动鞋不是黑色的，但非常旧。杰西卡回到了车上，我还在“泵油”，这是美国人的说法。他看着我。我们俩差不多高，他稍微矮一些。我们互相看着对方，之前还是在车子的后视镜里，这次是真的四目相对。在加油站霓虹灯的映照下，他的眼神可以做多种解读。我们就这样互相看着对方，两个男人，黑人和白人，英国人和美国人。

“我得去撒尿。”他说。

“好，去吧。”我尽可能让语气保持平静，确保自己的表情没有暴露出真实的想法，但又担心这样面无表情表现出来的面部僵硬实际上暴露了一切，于是我故作轻松地笑了笑。

“你们不会自己上车，就把我丢在这里吧?”他说。

“把你丢在这里？不，当然不会。”

“你确定吗，哥们儿？”

“我发誓。”我说。他点了点头，开始慢吞吞地朝洗手间走去，左腿有点不太利索，他不慌不忙，也没有回头看。我看着他走远，等他一进去，我就松开油管的扳柄，咔嗒一声把它从车上拔出来，砰地挂回到加油泵的金属托架上，不料它却重重地砸在了地上。

“你得把手柄往上推回去。”杰西卡说。我照她的话做了，我把手柄推了回去，重新把这难对付的油管嘴架了上去。

“快！”杰西卡说。我重新把油箱盖拧上，但因为太急了，没成功。“欲速则不达”这句老话真是太有道理了。最后我总算把油箱盖拧上了，然后跑着从车头绕过去。杰西卡点火启动车子，发动机咆哮着恢复了生机。

“走！走！走！”我一边喊着，一边爬进副驾驶座。杰西卡镇定又迅速地把车开动起来，轮胎都没有嘎吱一下。我关上了车门。

我们安全又顺利地驶出了加油站，转眼间就回到了公路上。一开始，我们俩都很兴奋能这样逃出来，还互相击了一下掌。哈哈！

“我说‘我发誓’的那个样子，喜欢吗？”我问。

“你简直是个天才！”杰西卡说。这种兴奋的状态只持续了一小会儿，我们马上就泄了气，因为虽然还是有点兴奋，但我们已经开始感到有点惭愧了，随后，兴奋感就一点点消散了。

“你车门没关好。”过了一会儿，杰西卡说。

“关了。”我说。

“不，没有关。”杰西卡说。我把门开了一道缝，又砰地拉上，比之前关得更紧了些。

“对不起，你说得对。”

“没关系。”杰西卡接着说，“我们刚才是不是做了件很不好的事情？”

“也许是吧。”

“你觉得这算是种族歧视吗？”

“我觉得就是有点不礼貌，武断，草率。”

“想想他从厕所出来会是什么感受，他会很失望，会觉得我们这样对他太过分了。”

车子继续往前跑着，眼前的景色还是一样，车子、灯光、几乎黑透了的夜色。我们安全了，但也许我们一直都是安全的；我们已经脱离了危险，那么也有可能危险从一开始就不存在。

“感觉好像他在考验我们。”杰西卡说。

“我知道，这种感觉从来都不好，考试没通过。”我说，“我还记得十七岁那年，考驾照考砸了的感觉。”

“什么感觉？”

“记不太清了，总之不好。你呢？你很可能一次就过了。”

“是的。”她说。可我们并没有刻意回避此刻真正的话题，过了一会儿，杰西卡说：“我们是不是该回去？”

“也许是的。”

“但我们不会回去，对吗？”

“绝对不回去。”我说。然后我们俩都笑了起来，车继续跑着，我们沉默了几分钟。兴奋感已经消失了，但车里的气场已经好转，虽然此刻我们还是觉得惭愧，既不觉得自己无辜，也不觉得自己有过错，对自己所做的事既感到安心，又觉得愧疚。

“你知道那些传闻吗？”杰西卡说。

“消失的搭车人？”

“是的，说不定后座上还有一把斧头。”

我扭过头去看，身上绑着安全带有点不太利索。后座上什么都没有，下面也什么都没有，除了两罐可乐和一个水瓶，都是空的，还有一张白沙公园的破地图。

“没东西。”我揉了揉脖子。车子继续往前跑，天色很暗，夜幕已经降临新墨西哥州。

仪表盘上的灯发着微光，燃油表显示油箱几乎是满的。

“好啦，”我说，“我们还是做了件好事的，至少带他离开了那个叫你别让人搭车的地方，他应该很感激了。”但是想象着他在那个地方，从洗手间出来，环顾一圈加油站的停车区，我知道这时候他脑子里想得最多的肯定不是感激。有很多车来来往往，但他心里一定很清楚，他想看到的，他希望还等在那里的那辆车早就已经没影了。我能想象他的感受，我很高兴自己不是他，不用去感受这些，我也很高兴现在又只剩下我们俩，平平安安地坐在我们的车里，作为夫妻结伴而行，向着埃尔帕索一路飞驰而去。

七

在我母亲的三个姐妹当中，希尔达长得极其漂亮。这听起来就像是把托马斯·哈代的小说背景搬到了什罗普郡：她遇到了英国舒兹伯利学校的一个学生，虽然听着不太像真的，但他的名字真的叫查尔斯·巴克斯。她本来是打算做女佣的，但是在查尔斯的追求下，她嫁给了他并搬到了伦敦。至于怎么追的，我从来都不知道。后来，她离开了查尔斯·巴克斯，开始和一个白手起家的有钱人查尔斯·布朗交往，她老是称他为CB，这很容易让人混淆。两人在一起多年，日子过得很光鲜，有一次他们驾驶着CB的白色劳斯莱斯从伦敦来到切尔滕纳姆，那辆车就停在我们家门口，像一个临时丰碑代表他们可以任意选择交通工具出行的富裕生活。他们也没错过伊丽莎白女王2号的首航，不知道是在这次航行还是另外一次旅行中，他们游览了美国西南部。我上小学的时候，希尔达从彩绘沙漠、石化林和纪念碑谷这样的地方给我寄来各种旅游手册和明信片。我只在美国西部片里瞥见过这些景观，但是我认识的人去过，就证明了它们是真实存在的，这让我头一回感到有另一个国度存在，一个和我熟知的种种一切截然相反的国度。

朝　圣

本世纪的头十年，只要对方愿意听，我逢人必说我想在加利福尼亚度过余生。有一次，在旧金山，有人很快就纠正了我的说法：你不是在加利福尼亚度过余生，你是**开始**在那里生活。我和杰西卡于2014年1月开始了我们的加州生活，但和我一直想要的那种生活又不太一样，我曾经想象过我们在北加州，在旧金山的生活，但由于杰西卡的工作安排，我们最后到了南加州，到了洛杉矶，到了威尼斯海滩。说得好听些，那里的生活一开始就出乎意料，后面我们再回过头来说；正如故事有时候是从结局说起的（“我在中国的最后一天……”），开头也可以成为故事的结尾。这里我想说说我们的周末，尤其是星期天，这一天我们通常会安排小型的朝圣活动，只选星期天是因为这一天车子比较少，四处走动更方便些，这与宗教无关，更像是一种爱好，一种我们利用空闲时间来做的事，不是真正的朝圣，就只是出去走走，就像我小时候和爸爸妈妈一起开着车去水上博尔顿[①]或者斯托小镇[②]那样。

我们去的第一个地方是布伦特伍德的肯特尔南大街316号。我们从威尼斯出发，经过圣莫尼卡机场的一路上，天空是一派阴云密布的景象。圣莫尼卡机场附近大部分的地产开发和建筑设计都包含了航空的元素，比如这家博物馆的设计，有个实物大小的FedEx[③]的货机头从建筑物正面滑稽地伸出来；还有这家“喷火”烧烤屋则装饰着战斗机和飞行员在奋力攀爬天空之墙的图案。人们坐在外面吃着喝着，往肚子里填着东西，似乎他们是在肯特一个小镇的郊区，开发商获准在这里进行天翻地覆的现代化改造，同时还顾及了一小群人对传统的眷恋，使他们的（也是我们的）昔日辉煌不至于荡然无

---

① 水上博尔顿（Bourton-on-the-Water），位于英国科茨沃尔德东北部的小镇，被誉为“英国的威尼斯”。

② 斯托小镇（Stow-on-the-Wold），是英国科茨沃尔德海拔最高的小镇。

③ 美国联邦快递公司。

存。正是午餐时间，天空还是一片阴霾，但如果你正在高空飞翔，看到的会是艳阳天，云层都堆积在下方，而你正扫视着蔚蓝的天空，搜寻德国空军的梅塞施密特或海因克尔战斗机。

我们刚经过“喷火”烧烤屋，就有一个像模特一样瘦削的韩国女孩踩着三英寸的高跟鞋踉踉跄跄地穿过马路；一个完全算不上瘦削的警察倚在警车上，喝着他的星期天咖啡。我等着他透过墨镜注意到正在穿过马路的她，等着他舔掉嘴唇上的咖啡或者用手背抹一下嘴，如果他这么做了，我就准备给他一个赞许的、会心的微笑，但他一丝一毫都没有留意她，也没留意我们。

我们在邦迪南大道左拐后不久，天就开始放晴，变成了浅蓝色。车子在杰西卡的操控下不断地扭来扭去，变换着车道。我们听着奥奈特·科尔曼[①]的音乐，对于我们要去的地方来说，这样的选择完全是一种有意识的对抗。虽然是好音乐，洛杉矶风格的音乐，但不适合开车听，因为这变来变去的疯狂曲调已经开始让你怒不可遏，以致最后甚至连歌名很酷、旋律很美的那几首都令

---

① 奥奈特·科尔曼（Ornette Coleman，1930—2015），美国爵士音乐人。他为自由爵士做出过巨大贡献。

你紧张到极度疲乏。我开始在iPod上翻找，那上面存满了有史以来最棒的一些音乐，但找不出一首我们能听得下去的，于是我索性关了它。这时候，我们正好经过皮科大道交叉路口的“泰迪”咖啡屋。一个双腿浮肿的女人在一条长凳上睡得死死的，长凳上方是詹姆斯·布朗[①]的传记片《激乐人心》[②]的广告牌。就只是作为一个让人注意的画面，那没什么问题，但要是想拍出一张不错的照片，好像还需要第三个要素，比如一架正在头顶攀升的飞机，事实上，当时确实有这么一架飞机，但也无法被画面所容纳。在威尔希尔大道，我们的车经过了“文人”咖啡馆，这家咖啡馆和“喷火”烧烤屋一样，毫无保留地把主题概念展示给公众看，即使设计“文人”咖啡馆这样的主题也只能吸引极少数的人。

开着开着，邦迪大道变成了肯特尔南大街，突然间，我们就到了，比预想的快多了。眼前是一派典型的洛杉矶风光，绿色的草地、车道、大房子、泊着的车，

---

① 詹姆斯·布朗（James Brown，1933—2006），美国歌手，被誉为美国灵魂乐的教父（Godfather of Soul），是说唱、嘻哈和迪斯科等音乐类型的奠基人。

② 《激乐人心》（*Get on Up*），由美国导演泰特·泰勒（Tate Taylor，1969— ）执导，于2014年上映。

既不是城市也不是郊区的感觉，话虽如此，这样的场景看起来其实就是典型的郊区风光。布伦特伍德，我们曾经来过这一带，当时是要到一个电影经纪人的豪宅里吃饭，但尽管我们曾经开车来过肯特尔南大街，就从316号门前路过，我们当时一点都不知道这个地址的重要性，一心只想着不要迟到，不要迷路。

我们泊车的地方离316号隔了几幢房子。太阳光很强，路上空荡荡的。肯特尔南大街的草坪亮得耀眼，看起来像是大大超过了草地的覆盖面积，除非这是颜色被吸收浓缩之后直接造成的效果。也许在不久的将来可以通过基因改造培植出最绿的、最不会长出杂草的草坪，而且它们在长到一英寸半的高度后就会停止生长，你都不用去修剪。到时候，这一创新就会被视作一项重大突破而大受欢迎，因为浪费在修修剪剪上的时间就可以被用来做别的事，但这多出来的时间就会莫名其妙地变得毫无价值，人们除了做一些以往在修剪草坪时能从中得到调剂的那些事——下载音乐，看几集《众口难调》[①]，

① 《众口难调》（*High Maintenance*），又名《难以伺候》，是美国电视网HBO制作的一部喜剧类电视剧，第一季于2016年播出。

或者看一些YouTube[1]上疯传的视频——除此之外，不大会去做什么别的，然后经历过短暂的蜜月期后，人们就会重新让草坪恢复原来的生长状态，搬出割草机，尽管修剪草坪就会再度成为一件家务活，但人们就会意识到，两相比较之下，自己更喜欢这样的家务活，这算得上是一种有限的开悟。把时态改动一下，把那些“就会”都去掉，我原本可以把这个想法推销给那个经纪人，也就是几星期前我去那里吃过饭的那间豪宅的主人，但是，我在向自己推销这个想法的过程中发现，要想让人感兴趣，就只能是现有的这种形式，除非我把它重新包装成一个割草机广告，但很快我又意识到，它从一开始不就是个割草机广告吗？

我们走回316号，就在这里，这就是我们前来拜谒的圣地。一幢两层楼的白色建筑（如果要把底层的两个双车位车库都算上的话，那就是三层楼），顶层有一个环绕式小露台或阳台。车道上没有车，这房子看起来像住了人但又是空的。在两个车库之间有一丛纤细的绿色灌木或一棵树，两个车库的右侧有一株紫色的植物。是九重葛吗？它就立在那里，这房子，而我们就站在它前

---

① 美国视频网站。

面。作为一个朝圣目的地，这里并没有信徒云集、人头攒动，这里就只有我们俩。有两个地方看起来像是入口，我们能看到318的门牌，看不到316，但显然就是这里，不会错的。我曾经在网上看到过一张这房子的照片，把它发给了我在英国的一个朋友，他对这种东西很感兴趣，我让他猜这里曾经住过谁。

“阿特·派柏[①]?”他回复我。猜得挺好，但不对；答案其实是泰迪·阿多诺[②]，他虽然是一个杰出的钢琴家，但对爵士乐可不怎么来电。

阿多诺于1938年来到美国，又在好友兼同事马克斯·霍克海默[③]的鼓动下，于1941年11月从纽约搬到了洛杉矶，霍克海默早在几个月前就过来了。他们并不孤单，大批从纳粹德国过来的流亡者也在南加州安顿了下来：托马斯·曼[④]与利翁·福伊希特万格[⑤]住在宝马山，

---

① 阿特·派柏（Art Pepper，1925—1982），美国爵士乐手。

② 即西奥多·阿多诺（Theodor Wiesengrund Adorno，1903—1969），德国哲学家、社会学家、音乐理论家。

③ 马克斯·霍克海默（M. Max Horkheimer，1895—1973），德国社会学家、哲学家。

④ 托马斯·曼（Thomas Mann，1875—1955），德国作家。

⑤ 利翁·福伊希特万格（Lion Feuchtwanger，1884—1958），德国小说家、剧作家。

贝托尔特·布莱希特[1]在圣莫尼卡（他觉得自己最后到了“一个大城市外壳笼罩下的塔希提岛”）……有很多这样的人。我们曾经买过一本大册子，里面有地图，标注着这些人的住址。

阿多诺在曼创作《浮士德博士》（*Doctor Faustus*）的过程中扮演了后者在音乐方面的“助手、顾问和富有同情心的导师”的角色，他为曼演奏贝多芬第32号钢琴奏鸣曲（作品111），讲解乐理和十二音列体系，这段乐理讲解后来被引入书中，而十二音列在书中被设计成是由虚构的作曲家阿德里安·雷维库恩“创立”的，这当然让现实中的十二音列创始人阿诺德·勋伯格[2]不大高兴，他也住在布伦特伍德，就在附近，罗金厄姆北大街116号。曼想在该书的新版本推出时加上一篇恭敬的附录，希望这样可以息事宁人，但勋伯格还是很生气，因为他可不像雷维库恩，他没有疯，也没有染上“导致精神失常的病根（梅毒）”。这样吵来吵去，在背后说人坏话，在流亡者的圈子里是生活的常态，他们都住得

---

① 贝托尔特·布莱希特（Bertolt Brecht，1898—1956），德国戏剧家、诗人。

② 阿诺德·勋伯格（Arnold Schönberg，1874—1951），美籍奥地利作曲家、音乐理论家，西方现代主义音乐的代表人物。

这么近，这也就不足为奇了，其中（住在西好莱坞的）斯特拉文斯基[1]和勋伯格这两人，就在小心刻意地回避对方。[2]这不奇怪，奇怪的是，所有这些欧洲的重量级人物，代表高端文化的偶像，最后竟然都来到了这里，这个地方在他们中的许多人眼里代表着庸俗、猖狂的资本主义，以及极端商业主义，但这并没有阻止他们——尤其是作曲家——试图从好莱坞影视大亨那里骗取钱

---

① 伊戈尔·菲德洛维奇·斯特拉文斯基（Igor Fedorovitch Stravinsky，1882—1971），美籍俄国作曲家、指挥家和钢琴家。

② 《小说的故事》（*The Story of a Novel*）是曼对《浮士德博士》创作过程的记录。在这本书里，他向读者揭示了读到阿多诺的《新音乐哲学》（*Philosophy of Modern Music*）的手稿时，他"再次发现一种想把我觉得是我自己的、我觉得属于我的东西占为己有的欲望，而这种欲望就像是自己身体里的一种长久以来很熟悉的元素"。书中对阿多诺过度的尊崇与示好还包括从一封长达十页的信里摘录出来的大段文字，在字里行间，曼极尽能事地为自己从其音乐哲学中顺手牵羊这种"无耻得一丝不苟"的行为道歉。几页之后，他承认"可以说是背着阿多诺"引用了勋伯格的一些音乐理念。1948 年 7 月，曼为了保证《小说的故事》信息准确，叫阿多诺提供一些他生平的细节和日期，阿多诺回复他的语气恭敬无比，简直就像是在奉承他悬悬而望的"想靠走后门来获得的流芳百世的地位"。四个月后，曼在给女儿艾丽卡的信中写道，"我对阿多诺的感激之情表达过头了"。——原注

财，这些大亨中的很多人本身就是从欧洲流亡过来的早一批的犹太人，或者是他们的后裔，他们可不愿意被某个骗子（勋伯格）给耍了，这个骗子坚持让演员在说台词的时候与配乐的音调和音高保持一致，这段配乐他开价五千万美元。从此，米高梅再也没理睬他。尽管经历了这样的挫折，尽管导游只指出街对面秀兰·邓波儿[1]的住宅，却对他们家视而不见，这让他妻子大为光火，可勋伯格还是热爱洛杉矶。

同样没引起导游关注，但在我们的地图上被标注出来的是霍克海默位于布伦特伍德埃斯特大道13524号的住宅。1942年，霍克海默在信中写道，“下午的时候，我经常会和泰迪一起商定最后的文稿”。这文稿也就是他们一起合著的《启蒙辩证法》（*Dialectic of Enlightenment*），其中有一篇关于“文化产业”的著名篇章。当时，阿多诺还在创作另一部合著文献《权威人格》（*The Authoritarian Personality*）和他自己的几部独立著作，如《新音乐哲学》，同时还在写很多文章并负责电台广播节目。

---

① 秀兰·邓波儿（Shirley Temple，1928—2014），美国电影演员，著名童星。

然而，阿多诺在加州待的八年时间里创作出的最伟大的著作是《最低限度的道德：破碎生活之反思》（*Minima Moralia: Reflections from Damaged Life*，献给“马克斯——仅表谢意并兑现承诺”）。《卫报》曾经要求一批作家选一本夏天读过的有意思的书，当时我就选了这本书。感觉上，它和夏天一点都沾不上边，但你要是知道它是在南加州写的，就会觉得它有夏天的气息了。我是在1986年5月13日从卡姆登市的纲要书店——伦敦的理论之都——买的这本书，我之所以会选这本书来配合《卫报》的专题，部分原因是因为我真的喜欢，但同时还为了标榜自己是读阿多诺的人，从而把自己同那些泛泛之流的小说家区别开来——我猜这些人会选择《幽情密使》[①]或《夜色温柔》[②]或诸如此类的书。阿多诺的部分神秘感就在于此：作家本人成了象征

---

① 《幽情密使》（*The Go-Between*），是英国作家莱斯利·珀斯·哈特利（Leslie Poles Hartley，1895—1972）于1953年出版的小说。小说讲述了一场由于地位悬殊导致的爱情悲剧。

② 《夜色温柔》（*Tender Is the Night*），是美国作家F.S.菲茨杰拉德（Francis Scott Key Fitzgerald，1896—1940）于1934年出版的小说。小说讲述了一个出身低微但才华出众的青年追寻理想的悲剧故事。

大师的标志，就如同卡尔·奥韦·克瑙斯高[①]就是2010年代具有代表性的作家。当你读阿多诺的时候，不只是像读乔治·艾略特[②]或者E.M.福斯特[③]那样，克瑙斯高在《失亲记》（*A Death in the Family*）里写道，“读阿多诺的书让我受益的，不在于我读到了什么，而在于当我在读他的文字时我对自己的认识：我是读阿多诺的人哪！”

就连罗伯托·卡拉索[④]这样博览群书的大师级作家也曾经是那样的人；只不过卡拉索读得早，而且还见过阿多诺本人，当时这名哲学家正在创作《否定辩证法》（*Negative Dialectics*）。这个“非同凡响”的年轻人给阿多诺留下了很深的印象，他声称：“我所有的书他都知道，甚至是我还没有写出来的书。”

---

① 卡尔·奥韦·克瑙斯高（Karl Ove Knausgård，1968— ），挪威作家。著有六卷本自传体小说《我的奋斗》（*Min Kamp*）。

② 乔治·艾略特（George Eliot，1819—1880），19世纪最有影响的英国作家之一。

③ E.M.福斯特（Edward Morgan Forster，1879—1970），英国作家。著有《看得见风景的房间》（*A Room with a View*）、《霍华德庄园》（*Howard's End*）等。

④ 罗伯托·卡拉索（Roberto Calasso，1941— ），意大利著名出版人、作家。

我在1986年的夏天也成了那样的人——读阿多诺的人。当时，我无力招架书中的内容，不得不让自己停下来，这很正常，托马斯·曼本人就曾在给阿多诺的信中提到，《最低限度的道德》带给他“最美妙的阅读享受，但这样的浓缩馔食，一次只能享用一点点”。我本来想说，贯穿于《最低限度的道德》一书的气势令我惊叹不已，但这样说就太保守了；在阅读的过程中，你被猛地甩到前面又被抛到后面，愈演愈烈的辩证法令你瞠目结舌，在这辩证法中，作者从他颠覆的每一点中发展论证，再度往前推进，而这过程就发生在一两句话之间。作者说：“辩证思维努力以它独特的方式冲破逻辑的强制性，由于它必须采用这些方法，它每一步都冒着这样的风险：它自己也因此而变得具有强制性了。”文中处处都是警句，有的正说，有的反说，有的正反交融。例如：“所知过多，益增其多，据之揣度，臆测无所知，虽枉，乃其定策也。”在这句话的页边空白处，我潦草地加了个感叹语——“哇！”——但其实我也不清楚开头的“其”到底指的是什么。“哇”这个词用来形容我们之前看到的在“喷火”烧烤屋旁韩国模特踉踉跄跄地穿马路的那个画面比用在一部哲学著作上更恰当，但它恰恰表明这本书所具有的吸引力不单停留在理性层面上。二十世纪八十年代中期，和我在一起玩的女性朋友都是激进的女权主义者，谁都不会去穿高跟鞋，她们踩着DM鞋，步子又重又响。看到那则女性内衣的广告（“藏在这里面的都是惹人爱的”），一个个火冒三丈，我们都会认同阿多诺的观点——“对女性特质的吹捧暗示着对每一个具有女性特质的人的羞辱”。即使是二十世纪八十年代的很多激进的女权主义思想已经显得过于疯狂的现在，高跟鞋和化妆品这些本该让你兴奋的东西对我却丝毫不起作用。在搬到加州之前，还住在伦敦的时候，我们经常去参加派对，在那样的场合，女人们都穿高跟鞋，但杰西卡却总是穿平底鞋，部分原因是她个子高，但主要还是因为我们从来不搭出租车，随时都得准备冲刺去赶巴士或者地铁，即使阿多诺认为“在大街上奔跑给人一种恐怖的印象……人们曾经因为不敢面对过于危险的情况而选择逃离，而追赶巴士的人在不经意间印证了这段恐怖的过往……人类的尊严坚持步行的权利，步行的节奏不是靠命令或者恐怖的情势逼出来的”。这段文字既像是希区柯克的电影剧本，又像是这剧本被拍成电影后一名观众的观后感。

鞋子方面，我也很喜欢阿多诺关于便拖鞋的说法，他说我们喜欢把脚滑进鞋里，这样的鞋子“代表了对躬身下腰的厌恶”，尽管这只适用于那种亮锃锃的、诺埃尔·考沃德[①]风格的拖鞋，而不是我穿的这双中国式便鞋（鞋底白色的黑色帆布鞋），我穿这双鞋的时候得在脚跟处往上提，跟穿别的鞋一样。《最低限度的道德》一书中有很多诸如此类的文字，你也许可以在小说里也读到这样的评论，但这本书没有耗费时间的情节和故事。把“泰迪”咖啡屋那种地方的快餐厨师形容成“一个用煎蛋玩杂耍把戏的人”，这听起来有点纳博科夫的风格，只不过纳博科夫除了会把厨师看成玩杂耍的，恐怕还会对鸡蛋大做文章。我在记笔记的时候想到了这点，当我再抬头看这房子——这个朝圣目的地——的时候，不知怎的，它似乎有了一种瑞士的感觉，有那么一刻，我以为自己来到了纳博科夫住的地方，尽管那是个酒店，蒙特勒宫酒店，而不是一幢简单的房子。

我们绕过拐角，踏上的这条路是邦迪大道不太显眼的延伸段。我的面前是一块牌子——“此路不通”。杰西卡拍了张照片，打算发给我们在英国的朋友，这个朋友会从照片联想到阿多诺的朋友瓦尔特·本雅明写的一

---

① 诺埃尔·考沃德（Noël Coward，1899—1973），英国演员、剧作家、导演。

本书。我站在一旁等着她拍照的时候，想起克劳斯·曼[1]在得知本雅明自杀的消息后的反应："我一直都受不了他，但还是……"阿多诺的房子后面是现代派风格的住所，正面呈红棕色，墙体是深蓝色，车道边具有一定坡度的沙漠花园里还种着仙人掌。似乎在这现代派外观的背后，还是原本那个朴实舒适的家，里面还住着人。天空蓝得无以复加，虽然在洛杉矶说这话总是不太保险。天空通常是蓝的，然后变得更蓝了，继而又演变成一种不可思议的更进一步的蓝：蓝得如此极致，使得之前的蓝无异于今天天幕拉开时透出来的那点着了色的灰。英国正在遭受热浪袭击的消息令我们出游的心情有点黯淡。我已经开始美白牙齿，但因为各种填充物和人造冠拒绝变白，原来的那点黄黄的英国痕迹还是很明显，反正我的牙齿也歪歪斜斜的，不像笔直纯正的美式牙齿那样又白又亮，像是半透明的，似乎有光从里面照出来，没准过几年还真的会实现。

我在拜读此书的过程中了解到，《最低限度的道德》是在上个世纪正硝烟弥漫的那个时期创作的，当时，德国自食其果，最终被一场自己挑起的战争夷为废

---

① 克劳斯·曼，托马斯·曼的长子。

墟。尽管我知道这是一本关于流亡的书，但我没想到，洛杉矶的流亡经历竟会如此透彻明白地渗透其中。举个典型的例子，阿多诺把加州人对健康的执着看作一种病："这些浑身散发着旺盛生命力的人，无疑可以被看成备好的尸体，他们本人昧于这种行尸走肉的状态，这是因为当局封锁了消息，不让他们知道，当局这样做该是为了人口政策吧。"阿多诺似乎还一度预见了未来二十一世纪头几十年的文身热，人们一窝蜂地追求这种时尚，"在皮肤上戳出各种规则图案，像是出疹子，似乎在遮掩其实是无机物的皮肉"。然而现实远远超过了他的预想。来肯特尔南大街的几天前，我们在圣莫尼卡海滩上看到一个穿着高尔夫球衫和短裤、貌似相当循规蹈矩的男人，他一条小腿肚上的皮下肌肉暴露在外，红红的，虽然这只是刺青，但因为做得太逼真了，看起来他就像被人剥了皮。这会不会只是开始？他还会继续下去，直到全身都变成这样子，把里面的都翻到外面来吗？

我曾经在网上看到过一张阿多诺穿着泳装的照片，看上去与其说瘦小，倒不如说像还没发育好，甚至像才刚开始发育，但因为这张照片是在网上找到的，所以我担心它经过高明的图像处理，但不管这照片是真是假，很可能阿多诺就长这样。（也许他不肯锻炼，是在暗中抵制《奥林匹亚》[1]电影中那些身材完美、留着二十世纪三十年代发型的运动员所代表的雅利安完美人种的概念。）伊芙琳·朱尔[2]在《流亡之家》（*House of Exile*）中唤起的那个场面——“德国的侨民……站在海滨散步道棕榈树的树荫下，就像遭遇船难后的逃生者”——太具有说服力了，让你觉得像沃尔克·施隆多夫那样的导演会拍一部关于他们的故事片，让马克西米连·谢尔[3]或布鲁诺·甘茨[4]主演，配乐由勋伯格制作，大概会有三十多个观众前来观影吧。

我们在树荫下站了一会儿，然后又绕回到房子的正面。我们走开的这短短片刻，什么都没有改变：车道上没有车，看不出有人来过，也看不出有人离开，也没有其他朝圣者的踪迹。我想知道在加州大学洛杉矶分校执

---

① 《奥林匹亚》（*Olympia*），是由莱妮·里芬施塔尔（Leni Riefenstahl，1902—2003）执导的一部纪录片，影片记录了1936年的柏林奥运会。

② 伊芙琳·朱尔（Evelyn Juers，1950— ），澳大利亚作家、批评家。

③ 马克西米连·谢尔（Maximilian Schell，1930—2014），奥地利–瑞士籍电影演员、导演、编剧和监制。

④ 布鲁诺·甘茨（Bruno Ganz，1941—2019），瑞士演员。

教的佩里·安德森[1]是否曾自己一个人或与他的好友弗雷德里克·詹姆逊[2]结伴造访过此地。弗雷德里克的《马克思主义与形式》（*Marxism and Form*，购于1985年5月17日，亦来自纲要书店）这本书带我认识了阿多诺，但他后来关于阿多诺的书《晚期马克思主义——阿多诺，或辩证法的韧性》（*Late Marxism: Adorno, or The Persistence of the Dialectic*，于2012年以一美元的价格购于爱荷华市的一个图书特卖会），我完全读不下去，或许是因为它真的没法读，或许是因为现在的我比三十年前愚钝，又或许——听起来似乎不太合乎辩证法——两种情况都不是（也可以说两者皆是）。对于我来说，佩里是终极大师，大师中的大师。我一直在洛杉矶留意他的踪影。有一次，我还和杰西卡开玩笑说，我看到他在圣莫尼卡的海滩边，正从"佩里"咖啡屋走出来，大大方方地展示着身上实物大小的灯芯绒外套的刺青，但这只是玩笑，他这样的大忙人肯定没时间做这些无聊的事，比如去海边或者甚至到阿多诺的故居朝圣。在这点

① 佩里·安德森（Perry Anderson，1938— ），英国当代著名的马克思主义史学家、思想家和活动家。

② 弗雷德里克·詹姆逊（Fredric Jameson，1934— ），又名詹明信，美国思想家、文化批评家。

上，佩里已经与泰迪不相上下，泰迪在他的文章《空闲时间》（*Free Time*）里提过他有多讨厌业余消遣："在我公认的职业范畴之外的活动，我一律都很严肃地对待，严肃到若是发现这些活动与消遣沾上点边，我都会感到震惊。"而他的其中一项活动就是弹奏音乐。在我这本《最低限度的道德》封底的照片上，阿多诺秃着脑袋，有点胖乎乎的，戴着大大的黑色边框眼镜，穿着套头毛衣，想必是在驾驭贝多芬晚期或阿尔班·贝尔格[①]的一些高难度作品，他不可能是在即兴弹奏爵士乐——众所周知，他曾在《多棱镜》（*Prisms*）一篇观点错得离谱的文章里对爵士乐大肆嘲讽。至于"那些仅仅是为了古铜色的肌肤而去晒日光浴的人"，这个嘛，"在炙热的阳光下打瞌睡并不是什么享受，身体上未必舒服，而且这样一来肯定还会弱化心智"。

阿多诺的大多数文章符合我们脑海中的印象，这名学者身处于一个与他格格不入的环境和文化氛围，"这样一个搁浅的精神贵族，注定要被'高涨的民主浪潮'

① 阿尔班·贝尔格（Alban Berg，1885—1935），维也纳音乐家。与勋伯格、韦伯恩开创了"新维也纳派"，是表现主义音乐的代表人物。

淹没”。我曾经读到过这样的文字。这就是阿多诺，他声称美国“创造出来的就只有汽车和冰箱”，“尽管我很警惕，但每去一次电影院都让我变蠢一些、退化一些”。（每去一次？这话不是很蠢吗？那时候肯定有一些很不错的电影。我总是在看完《相见恨晚》[1]或《马耳他之鹰》[2]之后觉得自己长进一些、聪明一些。《马耳他之鹰》的主演是彼得·洛[3]，用大卫·汤姆森[4]的话来说，他就像“毁败的欧洲的灵魂”在黑暗中悄然摸索潜行。）特里·伊格尔顿[5]注意到了《最低限度的道德》一书中“深刻的洞察力与充满贵族气的牢骚之间这种怪异

---

① 《相见恨晚》（*Brief Encounter*），是英国导演大卫·里恩（David Lean，1908—1991）执导的一部爱情电影。该片于1945年上映，荣获1946年戛纳电影节“金棕榈”大奖。

② 《马耳他之鹰》（*The Maltese Falcon*），是美国导演约翰·休斯顿（John Huston，1906—1987）执导的一部电影。影片讲述了一名侦探无意中涉及了一桩谋杀案并牵连到“马耳他之鹰”雕像的故事。该片于1941年在美国上映。

③ 彼得·洛（Peter Lorre，1904—1964），德国演员。卓别林称其为“世界上最好的演员”。

④ 大卫·汤姆森（David Thomson，1941— ），英国电影评论家。

⑤ 特里·伊格尔顿（Terry Eagleton，1943— ），英国文化批评家、文学理论家。

的融合”。我在洛杉矶——他写这本书的地方——重新读这本书，也猛然发现了书中显露出来的那种盲目傲慢的格调。比如他说：“科技令行为变得精准和冷酷，人也随之变得精准和冷酷。”自动门强加给“那些进门的人不回头看的坏习惯”，而且，他们因此也就不会替其他人去扶门；科技继续腐蚀基本礼仪的同时，人们开始喜欢重重地甩车门和冰箱门，这种动作已经充满了“法西斯主义暴行的暴力的、狠狠打击的、无休止的痉挛的特征”。事实上，这些日子以来，我们看到的每个人都在为他人扶门或者在向为自己扶门的人道谢，他们露着黑格尔式的牙齿，笑得很好看，这不由得让人觉得仿佛生活在这地球上最有礼貌的地方，尽管很多扶着门、道着谢、微笑着的人的耳朵和肩膀之间正夹着个手机，还有些人正沉迷在阳光、瑜伽和内维尔的迷雾[①]的魔力之中，关于《纪念物》（*Memento*，《最低限度的道德》第二部分第一节）讲了些什么，他们一定过目即忘。勋伯格很喜欢打网球，我们那本配地图的书里有一张他正在打乒乓球的照片，他会说自己被“驱逐进了天堂”这种话；但阿多诺则经常用一种忧伤甚至负面的语气来描述

① 内维尔的迷雾，一种大麻。——译者注

自己的流亡经历，他在《最低限度的道德》中说：“每一名移居国外的学者都无一例外是被撕裂的个体，要是不想在紧闭的自尊防线的背后残酷地被人逼迫着去面对这一事实，那他还是自己先接受的好。”

总的来说，这是他对流亡经历的一个正统的或者标准化的印象，他在其他地方并没有完全否定这个印象，但那些文字让读者看到了他经历中的层次，不是非黑即白的层次。泰迪抵达洛杉矶后不久就给他的爸爸妈妈写信：“这里的美景无可比拟，即使是我这样硬邦邦的欧洲人也被打动了。”我喜欢“硬邦邦”的用法，就像他是山姆·史培德[①]或菲利普·马洛[②]那样处变不惊的侦探，结果却变得和雷纳·班纳姆[③]一样兴奋。“从新家看出去的风景让我想起了菲耶索莱……但最绝的是那无法描述的极致的色彩。在日落的时候开车沿着海边跑上一圈，目之所及是我冷淡的双眼所领略过的印象最深刻的

---

① 山姆·史培德，电影《马耳他之鹰》中的侦探形象。

② 菲利普·马洛，雷蒙德·钱德勒（Raymond Thornton Chandler，1888—1959）在其侦探小说《漫长的告别》（*The Long Goodbye*）中塑造的人物形象。

③ 雷纳·班纳姆（Reyner Banham，1922—1988），英国著名设计史学家、理论家与评论家。

景色之一。南部的建筑风格和有节制的广告宣传营造了一种kulturlandschaft（文化景观）的格调：你会觉得居住在这里的是类人生物，而不单纯是加油站和热狗。”

这是早期的印象，后来，在《多棱镜》的前言里，阿多诺表达了“在某种程度上对英国和美国怀有的感激之情，这两个国家让他安然度过了那段迫害期，从此便生出了强烈的归属感”。他注意到各种民主形式已经“渗透进了生活本身”，美国人日常生活中“温和友善、天性纯良和慷慨大方这些本质”深深地吸引着他，也一直吸引着来这里的欧洲人。尽管他后来在洛杉矶的很多发现都印证了他的怀疑——这里的生活毫无价值——他还是无法避免地被它改变了。“任何没有吸收美国经验的当代意识，即使是以抗拒的方式来吸收它的，这种意识都带有保守的味道，这样说毫不夸张。”阿多诺后来得出了这样的结论。

然而，这里也有点没搞清楚状况，他和霍克海默错误地以为洛杉矶能前瞻性地反映整个美国的状况，霍克海默认为它是“观测的最前沿”。迈克·戴维斯[1]在《石

① 迈克·戴维斯（Mike Davis，1946— ），美国作家、政治活动家。

英之城》（*City of Quartz*）里写道，“流亡者以为自己遇上的美国正处于最纯粹、最具有预示性的时刻”，他们不知道南加州的历史特点令它只具有特殊性，而不具备代表性，“他们把洛杉矶当成了水晶球，以为可以透过它看到资本主义的未来”。

可以说，在《最低限度的道德》一书中，你会时不时从字里行间瞥见洛杉矶的影子，即使这个洛杉矶魅影与如今现实中的这个城市并不相符。倒不是说阿多诺说的是假的，只是他更像是在回应“不能被现实生活所容忍的”的另一个现实。就如同自动门的那一套说法一样，他在餐厅里发现“侍应生不再清楚菜单上有什么菜”，这也符合他认为资本主义使人异化的看法。读到这里，二十一世纪的读者就一个反应：你他妈的是在逗我吗？作为侍应生，基本的工作内容就是把当天的特色菜极尽详细地背给客人听，这一长串都报完后，你甚至还得让他（她）再提醒你一下头几道菜是什么。在所有的侍应生都被认为做着演员梦的那个年代，这样的背诵仿佛是在进行一场无休止的试镜，而颇为讽刺的是，那些表现绝佳的侍应生从此就被定型了，固定在侍应生的角色上［一种完全不同的异化形式，类似于布莱希特在他的《好莱坞挽歌》（*Hollywood Elegies*）的第一部分描

图片为洛杉矶街景。（作者提供）

写的那样]。

《最低限度的道德》刻画的不是洛杉矶的肖像，但这座城市和它的文化的确摆在那儿，像一面黑色的背景板，令阿多诺的反思得以显现。这对这名《否定辩证法》的合著者来说也十分恰当，在书里，洛杉矶变成了它本身的某种镜像，就如同一张相片的底片，原本亮的东西显示出来是暗的，白的是黑的，诸如此类。事实上，我现在觉得新一版的《最低限度的道德》可以用上这样酷的封面：一条林荫大道，路边是两排棕榈树，结了霜的样子，一轮黑色的太阳冻结了灰色的天空，显示出一副鬼气森森的景象。

这个画面很合适，因为尽管早期给父母的信写得那么热情洋溢，《最低限度的道德》中通篇都看不出洛杉矶有颜色的样子。洛杉矶的光，令人惊艳的蓝，当时那绚烂的色彩，阿多诺似乎都没有注意到。对于我们这些快六十岁或者更年长些的人来说，记忆中的童年时代，英国的天气总是比实际上要好得多，因为在二十世纪五六十年代，人们只有在“光线充足”的情况下才会拍照，于是那些拍出来的塑造记忆的依据就表示着永恒的光和热，而事实上，这样的光和热早就已经消失了。相比之下，在南加州则要费点劲才能想起海滩一直就是现在这个样子。那个二战时期的黑白年代，阿多诺还在这里的时候，甚至更早的时候，二十世纪二十年代、十九世纪九十年代或者公元前一百年，天空和海也是现在这样一片完美极致的蓝。

在开始驾车去各处朝圣之前，我们会沿着自行车道蹬着自行车去圣莫尼卡。尽管这自行车道画得清清楚楚，但总是有许多人在那上面走，或者根本不走，就只是在那里晃荡，杵在车道中间拍照。甚至对有些骑车的人来说，就算是这一下午租了一头驴，也不会比手中的自行车更难驾驭，因此这虽然是世界上最好的自行车道，但也实在有点让人抓狂，因为你得一刻不停地摁铃，以免撞上一堆堆 iPod 僵尸和 THC[①]傻瓜，有些人还根本没意识到这铃声是一种**警告**，比如那个穿着惹眼的牛仔短裤的苗条女子，她脸上挂着一种迷幻药作用下的迷糊表情，笑着回应你："多好听的铃声啊！"但是，加州的一大魅力是人们相对来说不太好斗，因此你这时候开口大吼一句："蠢货，你他妈的给我从自行车道上滚出去！"这对谁都没有好处，就算这念头像自行车的轮

① 大麻的一种。

子一样在你脑海里一遍遍地打转，你也不能发作。

每逢星期天下午，在原来的肌肉海滩边上的一小块草坪上，人们会聚集起来表演杂技，有些人做独立空翻和侧手翻，但绝大多数人两人一组，练习一种融合了杂技和瑜伽的被称作“杂技瑜伽”的运动。这种运动通常是由男的一方作支撑，女的作飞人，支撑的一方在保持稳定的同时不断地变换姿势，和飞人一起完成一套或简单或复杂的动作。结束的姿势通常是女人被举过男人的头顶，站立着，面带微笑直视前方。有些时候，女人只用单脚支撑来保持平衡，或许还把另一条腿弯过来勾在背上，而托着她并把她举得高高的是一条健硕的手臂，微微地颤抖着。我看过四五十年代的一些照片，酷似查尔斯·阿特拉斯[①]的男人高高地托举着身着泳装、面带微笑的金发女郎，我当时觉得这完全就是在宣扬男性，那些女人只是他们手中的奖杯或某种象征物，象征着正在被展示的男性力量。要么是我想错了，要么今时不同往日。今天的女性不只是被举得高高的，为了能让男人把她抛到空中并支撑起她，她还扮演了一个积极的角

① 查尔斯·阿特拉斯（Charles Atlas，1892—1972），意大利裔美国健美运动员。

色。除了力量，这还涉及平衡和悬臂力，需要利用飞人的一部分体重——它向地心引力屈服的那股劲头——来减轻另一部分体重。虽然从照片上看，似乎高潮那一幕的动作造型才是重点，但其实令人如痴如醉的是一连串流畅的动作和节奏，有些时候，根本没什么静止的瞬间，只有一连串无休止的舒展动作，持续微妙地演绎着身体的辩证关系。

我想知道这是不是发生在近期的一个变化，趁着一名飞人休息的时候，我去向她打听——在五十年代，女人们除了打扮就是做饭，这是不是更算是一种阳刚男性化的运动？然而她对那段历史并不了解，似乎以为我在暗示作为女性，永恒不变的职能就是做饭和微笑——即使到了今天，她们身上的文身已经和男人一样多。后来回到家后，我自己做了些调查，看到在弗兰克·托马斯[1]拍的几张著名的照片上，女性在二十世纪五十年代真的已经是积极的参与者（有几张照片上，她们真的是在空中飞）。可这场弄巧成拙的对话令我立即陷入了尴尬，自己居然随便逮着个人就打听杂技瑜伽的历史，于

① 弗兰克·托马斯（Frank J. Thomas，1936—2019），美国摄影师。

是我干脆坐下来，只看不问了，内心还是很尴尬，因为也许在人家眼里，我来这里就只是为了直勾勾地盯着身体柔软、文着文身、穿着莱卡的小妞们一饱眼福。

练习杂技瑜伽的人穿得并不严实，还必须要有亲密的肢体接触，在这样的情况下，他们整个过程都保持着一种严谨端庄的仪态。他们见面时经常会来个加州式的拥抱，但双方都会把自己的臀部往外顶，确保不会有盆骨上的接触。虽然他们练习的每个动作都像是可以直接在私密的卧室空间里派上用场，融入一连串的性爱动作里，也可以在某个新世纪的雷蒙德脱衣舞俱乐部的舞台上表演，但整个过程中洋溢的气氛却是一种温文尔雅的贞洁（很放松、很健康的那种），如果有谁提到或者甚至注意到它可能与性有关，便是在亵渎你眼前发生的这一幕。

玩杂技瑜伽的人都很结实，柔韧性也很好，但强度与柔韧度的比例存在细微的个体差异，有些人在技巧方面要比其他人强一些。有不少人显然已经光顾这里多年，他们有一种气质，虽然不是这里管事的人，但要是搞一场竞选，看看谁能来主持办秀，他们会以压倒性的令人满意的票数当选，尽管办秀这样的想法违背这个地方崇尚的精神，而这种精神的特征就是包容性，一种很好的包容性，谁都可以参加，不管水平高低，大家都互相帮助，互相提供建议（一个细微的调整，比如脚或者肩膀的角度，就能让你保持稳定，不致垮塌）。经常会有男人和男人组对练习，尽管这看起来总是要比男女组合更难。有时候，小孩也会加入，爸爸或妈妈把他们举得高高的。你可以想象当他们长到十五六岁的时候，男孩们又会回来，因为显然这是结识女孩的最佳途径，当年的女孩们也已经回到这个地方。这情形和我当初在切尔滕纳姆的经历大相径庭，那时候，你要想认识女孩，就得去迪斯科舞厅，喝下一加仑的啤酒，能和你搭话的只有你的伙伴，回家路上脸上再挨上一拳——下手的通常是某个哥们儿——原因从来都没有彻底明朗过，但啤酒显然起了一定的作用。我们第二次去看杂技瑜伽的时候，看到有人在帮助一个八岁左右的小女孩练习，他算得上是这里的固定成员，他让她站在自己的肩头稍微转一下，她晃了两下，跌了下来，他把她接住，轻轻地放到地上，问她介不介意再试一次。很难想象有什么比这更令人着迷的，但真正有意思的是，小孩的妈妈就坐在那里，很乐意让这个肌肉健硕得像野蛮人柯南[1]的陌生人来替自己承担起保护女儿和逗她开心的责任。

很显然，我没办法加入，我的强度和柔韧性与一片薄薄的玻璃不相上下，我浑身有太多的小毛病，左肩、左肘、左腕，实际上整条左臂都有问题，而且我也太老了，如果十年前来这里，我一定会和他们一起练。我以前能够纵身一跃抓住单杠，在上面挂几秒钟，然后翻上去，再绕过去，最后靠腰部压着单杠撑住身体或者继续翻，回到起始姿势。也不光是我曾经有这样的技巧，我还总是在寻找机会炫技，尤其是有女人在场的时候。我最后一次成功尝试是在2008年，当时我正在果阿。如果今天再来耍这个特技，我会瘫倒在地，动弹不得，就像我最喜欢的夏天消遣文学《夜色温柔》结局那一幕中迪克·丹弗在快艇上的样子。因此，尽管观看杂技瑜伽总有一种让人振奋的积极效果，但每次当我们转身离开，打开自行车的锁，准备骑车回家的时候，我往往带着一丝沮丧，因为我再也做不了这样的动作了。我开始

---

① 野蛮人柯南，电影《野蛮人柯南》（*Conan the Barbarian*）中阿诺·施瓦辛格（Arnold Schwarzenegger，1947—　）扮演的主人公，他是一名远古时期的勇士。

觉得生命消逝得如此之快是件多么可怕的事，然后，几乎在同时，我又感到，无论在永恒的光明中骑着车（这个我倒还做得到），沿着让人抓狂的自行车道回到威尼斯有多美好，我已经不确定自己是否还有耐心度过余下的光阴，背负着渐渐积累起来的不适、伤痛和身体退化虚弱的症状，继续接受生活赐予的种种。*

我想知道阿多诺是否曾目睹过肌肉海滩上这些不寻常的活动，他是否和其他的流亡学者站在一起，透过厚厚的镜片被眼前这无比美妙的景象——**美丽的东西**①——惊得呆若木鸡。在这些瞬间，我们瞥见了一个一体化的世界，在这个宇宙天地里，互不相连的现实互相关联、互相交织在一起，于是顷刻间，物质领域与精

* 说起这个，很可悲也很自负，但事实是我现在仍旧能够表演这个了不起的半体操形式的特技。最近我又添了一处新伤，一只脚趾受了伤，这让我六个星期都打不了网球，于是我那麻烦的左肩和左肘得到了应有的休息，我怕在这期间体质下降，不得不体验了之前很不愿意尝试的增强力量的理疗法，结果就能在单杠上做空翻了，只不过动作有点不太利索，之后，我练得越来越好，然后就又开始寻找一切机会来展示它。——原注

① 原文为德语Schöne Sache。

神领域实现了融和。这话当然不是我说的，这是弗雷迪·詹姆森[①]对《新音乐哲学》（*Philosophy of Modern Music*）中的一段文字所做的评注，而写《新音乐哲学》这本书可能就意味着泰迪不太会呆呆地盯着肌肉海滩看，这样的时候很少，只有在迫不得已的情况下，他才会离开肯特尔南大街316号的那间书房。

我们觉得好像已经没什么可看的了，正准备离开，突然发现在玻璃窗背后的房子里，或者至少是在318号，有一个人影在移动。杰西卡说我们应该去敲敲门，和那人聊一聊。我们一级一级地沿着台阶走上去，心里有点忐忑，担心这样敲门有点唐突。这时候，门开了，站在面前的是一名年轻女子，二十八九岁的样子，穿着背心和运动裤，她看起来好像要去上瑜伽课或普拉提课，而事实上她只是出门扔个垃圾而已。我们说了声“嗨”，然后为自己这样上门向她道歉，她却很热情地招呼我们，似乎我们是她邀请过来喝茶的客人，只不过比约定时间早到了半个小时，正赶上她还在做准备。我说我们对之前住在这里的某个人很感兴趣：西奥多·阿

① 弗雷迪·詹姆森（Freddie Jameson，1929—　），英国小号手、作曲家。

多诺。

“那个作家？哲学家？”

“对，对。”我说。

她放下垃圾，把我们请进了门。房子很大，家具很多，看不出一丝现代风格。

“对不起，有点邋遢，我正在打扫。”虽然她这么说，可房间看上去一尘不染。

“不，一点都不邋遢。很抱歉这样打扰你。这是你家？”

“我是这里的租客，房东嘛，嗯，很具有挑战性。”

“什么样的挑战性？”不会是阿多诺那样的挑战性吧：刻意复杂的语句，兜兜转转、时进时退的思路，像是要把读者扼死在越来越紧缩的辩证螺旋里？但这恰恰是它一方面的吸引力：有机会证明自己读得懂阿多诺，经得起这样的挑战，证明自己赢得了“我读过阿多诺”的徽章，就像一名突击队员获得绿色贝雷帽那样了不起。

“他们不给你修东西。”

房门仍旧开着，她使了把劲才合上。

“看到了吗？比如不能正常关门这样的小问题。”

“租房子给你的房产经纪人，她推销给你，我的意思是租给你的时候，有没有说这是阿多诺的故居？”

“没，她没有。”

“会不会隔壁才是他住过的地方？”

“我在这里住了四年，我觉得是换过人了。”

她不清楚这房子是什么时候隔成两部分的，她觉得可能是阿多诺把生活空间和工作空间隔了开来，但这似乎不太可能，伯特·劳伦斯（Bert Lawrence）也许会把房子改造成这样，但泰迪·阿多诺不会。她说住在隔壁316号的房东也许会清楚些，我们应该去问问他们。

她用力把出故障的门拉开，拾起垃圾走了出去，留我们在房间里随便看。这里没有藏着钢琴，也没有阿多诺的首版书籍或纪念品，不像是个年轻女孩独自居住的地方。在外面玩了一夜之后，甚至是上完一节瑜伽课之后回到这里，我都会觉得有点郁闷，心里知道要想再出去，就得再爬进守在外面的那辆车里，而可能最后大部分的时间都泡在这车里，这车倒成了“家”。她一回来，我们就出了门，感谢她抽出时间帮我们。

“我得再多了解一些。”她说，“还有，‘阿多诺’怎么写？”

我告诉了她，然后就和她道别了。316号的大门上没有门铃，我们不得不果断地叩击着木门，就像警察上门来调查说德语的异类——“开门!”没有回应。我们其实敲得挺大声的，但即使有人在家，在里面的房间里或者在楼上，他们也不一定能听到，有可能是这样，但也可能是他们故意不理会——过去时常有不速之客按着现在已经不复存在的门铃，向他们打听已经不住在这里的人的情况，弄得他们不胜其扰，索性就不予理睬了。

我们走回到自己的车子边，别的车在我们身边呼啸而过。和洛杉矶的许多其他地方一样，人们开车经过这里是为了赶去另一个地方。我们也是那样的人，也得赶去某个别的地方。我在开头就说过，这场朝圣之旅其实算不上真正的朝圣，尤其是朝圣本身就该是目的。一场感官肉欲的巡礼之后，你不可能再来一趟麦加朝圣之旅，但我们之所以安排来肯特尔南大街，还有一个原因是为了能和安托万·威尔逊[1]喝杯咖啡，他也住在布伦特伍德。安托万是个小说家，他还有个副业是当“慢半拍的狗仔”——专门在电影明星离开后，拍他们几分钟前坐过、站过或者走过的地方。表面上看，也许只是一

① 安托万·威尔逊（Antoine Wilson，1971— ），加拿大裔美国小说家。

条空荡荡的街，只有车和停车收费器，但劳拉·邓恩[1]刚才就在这里。“饿猫”餐厅也不只是个（有明亮的绿色霓虹灯出口标识的）餐厅，这是本·阿弗莱克[2]和詹妮弗·加纳[3]刚刚用餐的地方。安托万做事有一套严格的规矩，他不能一收到朋友的消息——在哪里看到了明星——就跑过去，他必须自己就在那里，亲眼看到了那些名人，然后等他们一走就拍下照片。

但是，如果事实是阿多诺和霍克海默于1949年就回到了德国，而你是在这两个哲学明星离开六十多年后才来呢？安托万用相片记录下来并创造出来的那种魔力还萦绕在原地吗？这里没有竖起“蓝牌子[4]”，多数驾车经过肯特尔南大街的人不知道有个叫阿多诺的人曾经住在这里，不知道阿多诺为何许人，不知道他的名字怎么

① 劳拉·邓恩（Laura Dern，1967—　），美国演员。出演作品有《侏罗纪公园》（*Jurassic Park*）等。

② 本·阿弗莱克（Ben Affleck，1972—　），美国演员。出演作品有《心灵捕手》（*Good Will Hunting*）、《珍珠港》（*Pearl Harbor*）等。

③ 詹妮弗·加纳（Jennifer Garner，1972—　），美国演员。出演作品有电视剧《双面女间谍》（*Alias*）等。

④ 蓝牌子，英国纪念名人或重大事件的场址的标志牌。——译者注

写，它的魔力难道没有因此而增强吗？

来之前，在与这趟肯特尔南大街朝圣之旅相隔几星期的一次聚会中，我遇到了一个叫诺曼·劳埃德[1]的演员。他已经九十九岁高龄，曾经和查理·卓别林打过网球，而且直到今天他仍在坚持这项运动。我在来这里的前一天打电话给他，问他有没有见过阿多诺，结果他说他没有。

“但我和布莱希特很熟。”他说。要是能通过身边还活着的人和阿多诺建立起联系，那就太好了，但也许只知道他是谁，知道他曾经住在这里，就已经足够……足够什么？足够让我们意识到，如果时光倒流七十年，当诺曼还是二十几岁的时候，我们站在这里，也许可以看到阿多诺从门后出来，我们可以走上前去向他要签名，或者说服他邀请我们到他家去。

这差不多就是1947年一个星期天下午发生的一幕：十四岁的苏珊·桑塔格来到托马斯·曼位于宝马山圣雷默大道1550号的住宅。桑塔格的朋友梅里尔在电话簿里查到了曼的号码，没事先打招呼就打电话过去，

---

① 诺曼·劳埃德（Norman Lloyd，1914—　），美国演员、制片人、导演。

让苏珊难堪的是，他还争取到了一个上门喝茶的机会。年幼的桑塔格很喜欢《魔山》（*The Magic Mountain*）。我希望自己是在十几岁的时候看这本书的，因为那时候我比较有耐心，而不是五十岁出头才去看。我发现它真是乏味至极，到后来才终于变得有意思——说实话，甚至直到最后，它都没有脱离乏味，而我之所以会觉得有意思，绝对是因为意识到很快就可以结束了，是在这种情况下产生的错觉。有人说曼也可以很风趣，但这种说法听起来很不可信，虽然他一开始把《魔山》设想成《魂断威尼斯》（*Death in Venice*）的“一个幽默的余笔”，后来又把它当成“英国式的幽默漫谈”。如果桑塔格觉得曼幽默，那也许就恰恰证明了他不幽默，因为她对严肃认真的执着促使她把自己也许曾经有过的哪怕一星半点的幽默天性都抹杀得一干二净。我担心如果我引用大卫·赛德瑞斯[①]的话，也许会有人觉得我不够严肃，但他写的那句话是对的：严肃不是有趣的反面，有趣的反面是无趣。任何没有幽默感的人都是愚蠢的，我总是忍不住要这么说或这样去想，在某种程度上，我就是这么认为的，即使这么说或者这么想都很愚蠢，因为桑塔格

---

① 大卫·赛德瑞斯（David Sedaris，1956—　），美国作家。

虽然不幽默，但却很聪明，这点早在1947年她和曼喝茶之前就已经很清楚了，而且，她本人也很清楚这点。

桑塔格多年后在一篇毫不掩饰的“虚构小说”《朝圣》（*Pilgrimage*）里描写了这段拜访经历，于1987年也就是事发四十年后发表在《纽约客》杂志上。这是她所创作的最接近有趣的作品。在拜访曼的时候，她已经“热衷于严肃，对什么都煞有介事”（“听着，这一点都不好笑。”当梅里尔说自己往曼的家里打过电话的时候，她就这样责怪他），但看到曼表现出来的那种极端的严肃和冷冰冰的自命不凡，就连她都大吃一惊。“我不会介意他说话像写书那样，我就希望他像写书一样说话，我模模糊糊地开始介意的是他说起话来就像写书评（那时候我还无法表述那种感觉）。”

为什么《朝圣》被当作虚构小说来发表？这很难说。也许是因为文章里描述的事件太过久远，无法核实？又或者它虽貌似可信，其实在一些现在无法查证的方面存在虚构的可能性，因此正如阿多诺那句第二著名的格言所述——“将谎言变成真相，这种魔术就是艺术”——它应该算是一件艺术作品？

不论是哪种情况，如果说到最后，我们多少算是阿多诺故居的朝圣者，那么这篇还比较可靠的纪实散文就可以看作是在向桑塔格的《朝圣》致敬，即使我是在去过阿多诺故居之后才得知有这么一篇文章的。一件事物演变到后来可以变成另一件事物，即使它本身并没有发生什么内在的变化；而与之相反，肯特尔南大街316号则一如往昔，仍旧是阿多诺的家，即使如今已经物是人非。

八

就在查理·海登的死讯宣布的当天，我回到了伦敦，他是在洛杉矶——我刚刚离开的那个城市——离世的。为了表示悼念，我做了一块牌子（我希望它能让人联想到他的解放音乐管弦乐队的第一张专辑封面上的横幅），挂在我们公寓正面，作为窗饰临街展示：

安息吧，查理·海登 1937—2014

我还在窗台上架起了立体声扩音器，喇叭朝外，让整条街都回荡着音乐声。我担心有人会认为这样的悼念方式是在扰民，所以只选了三首曲子：专辑《爵士新风》（*The Shape of Jazz to Come*）中的《寂寞的女人》

（*Lonely Woman*），这首曲子以海登哀切优美的贝斯作为前奏开场，引出科尔曼充满布鲁斯曲风的第一段独奏，像是乡村少年在高兴地大叫；第二首是专辑《世纪之变》（*Change of the Century*）中的《游荡》（*Ramblin*），一首淳朴的乡土曲风的独奏，它实际上是与鼓手比利·希金斯合作的二重奏，后者让整首曲子保持着欢腾雀跃的气氛；最后一首是西岸四重奏乐队的第一张专辑里收录的《托尼县》（*Taney County*），一首凄婉的、透着粗野的乡土气息的贝斯集成曲，它像小姑娘那样轻盈，又像她的祖母那样苍老睿智，同时又像密苏里州的天空那么辽阔。海登在这八分钟的独奏中加入了一段《游荡》中的独奏旋律，我们被这段音乐带回到那个过去的时代，想接着听西岸四重奏的下一张专辑《天使之城》（*In Angel City*）。这张专辑是1988年推出的，但唱片背面的照片是三十年前海登二十一岁的时候拍的。他在阳光下眯着眼睛，敞着胸膛，身材算不上健硕，留着海军陆战队士兵的发型，双臂环抱着他的贝斯。这张照片被剪裁过，因此，我们也不清楚照片上还有谁，背景是什么，但我们清楚地知道，后来爵士乐之所以能够发展成今天我们听到的这样，得归功于海登的贝斯，因为它深深地扎进了美国腹地的土壤与灵魂之中。

在电影《游荡的男孩》[1]里，海登回顾了自己当初盼着能在洛杉矶找到一份爵士乐手的工作，跑到这个城市来闯荡的经历。在音乐人经常光顾的一家通宵营业的路边餐厅"小内勒的馆子"里，他遇到了雷德·米切尔[2]，米切尔带他认识了钢琴家汉普顿·霍斯[3]，然后又因霍斯认识了阿特·派柏，后来他还与派柏合作演奏。[每一个熟悉霍斯和派柏各自的自传——《别管我别烦我》（*Raise Up Off Me*）与《正直人生》（*Straight Life*）——的人都能一眼看出这部极其珍贵、但也许有点过度恭敬的纪录片里漏掉了海登生平的哪些细节。]

在洛杉矶站稳脚跟后，海登开始与保罗·布雷[4]合作，保罗的乐队当时在山顶俱乐部演出。一个休息日的

---

① 《游荡的男孩》（*Rambling Boy*），是一部于2009年上映的纪录片。该影片记录了查理·海登的生平与创作生涯。

② 雷德·米切尔（Red Mitchell，1927—1992），美国爵士乐手、低音提琴家、作曲家。

③ 汉普顿·霍斯（Hampton Hawes，1928—1977），美国爵士乐手。

④ 保罗·布雷（Paul Bley，1932—2016），加拿大音乐家、钢琴家。

晚上，他在黑格俱乐部听到格里·穆里根[①]的演奏会上一名助演的中音声部乐手表演了一段疯狂的独奏，这名乐手立马就被赶下了台。海登听得呆住了（“我感觉全场都亮了起来”），但这个不受欢迎的客人走得太匆忙，还没等海登跟上去，他就已经消失在门外的夜色里了。后来，他开始四处打听这个神秘的乐手，布雷乐队里的鼓手伦尼·麦克布朗[②]问他那人吹的是不是一把塑料萨克斯。是啊！于是麦克布朗就把这人带到了山顶俱乐部，把他介绍给了海登，他叫奥奈特·科尔曼。演出结束后，海登跟着奥奈特去了他的住处，满屋子都是乐谱，摊得乱七八糟的，开门都费劲。一整个白天连同接下来的这个晚上，他们都没有放下手里的乐器。不久，他又遇到了志趣相投的切利和希金斯（科尔曼的长期搭档埃德·布莱克威尔曾经指导过他）。他们开始一起排练奥奈特的音乐，并于1958年10月在山顶俱乐部登台表演（钢琴由布雷弹奏）。

于是，这个在艾奥瓦州谢南多厄出生、在密苏里州

---

① 格里·穆里根（Gerry Mulligan，1927—1996），美国音乐家、萨克斯乐手、作曲家。

② 伦尼·麦克布朗（Lennie McBrowne，1933—　），美国爵士乐鼓手。

欧扎克山区成长、骨子里带着乡村音乐基因的白人男孩突然就站在了先锋音乐的前沿。等到第二年，这个四人乐队会去东部，在纽约的“五点”咖啡馆登台演出，在那里释放他们的爵士新风。到时候，海登会去拜访查尔斯·明格斯[①]、珀西·希思[②]、保罗·钱伯斯[③]，这些在那个年代响当当的贝斯手，然后他会认定，应该把眼睛闭起来演奏，这样就只剩下他和他的贝斯、他和音乐在进行交流。

位于日落大道和拉布雷亚大道交叉口的“小内勒的馆子”已经于1984年拆除，现在成了“疯狂的鸡”餐厅。那么奥奈特的公寓——他和海登在山顶俱乐部初次见面后一起去的那个地方——又是在哪里呢？在《游荡的男孩》和我读过的所有关于奥奈特的书里都没有提到这个地址。（但是，也可以把这个地址圈定在威尔希尔大街，当年布勒克百货公司就在这条街上，而奥奈特曾

---

① 查尔斯·明格斯（Charles Mingus，1922—1979），美国爵士乐贝斯手、作曲家、乐队领队。

② 珀西·希思（Percy Heath，1923—2005），美国爵士乐低音提琴手。

③ 保罗·钱伯斯（Paul Chambers，1935—1969），美国爵士乐手、作曲家。

在此当电梯操作工来维持生计。）唱片《天使之城》的封面照片就是贴有奥奈特·科尔曼四人乐队的宣传小布告的山顶俱乐部。不要把它和同名的乡村俱乐部搞混，以前这家山顶俱乐部在华盛顿大道上，是在拉布雷亚大道以东的一个街区；如今它不仅不复存在，而且仅凭手上掌握的资料，我已经无法判断它曾经的确切位置。

吉米·加里森[1]的叙事曲

阿多诺住在洛杉矶的时候，有没有听说过在这城市东南部沃茨发生的事呢？他知不知道另一个移民——一个意大利人——正在自己家的后院搭建三座古怪的塔？

在我听说这些塔之前，在我知道它们是什么东西之前，我就已经见过它们，或者说至少见过照片。唐·切利的专辑《糙米》（*Brown Rice*）的照片背景就是这几座塔，这些只有骨骼框架的尖塔在暮光中的剪影，画面的前景是捧着小号的切利，他身上套的长袍看起来哪里只

① 吉米·加里森（Jimmy Garrison，1934—1976），美国爵士乐手。

是泛非洲，简直是泛星际。所有这些——蓝紫色的天空、切利的着装和这些高空探测火箭似的高塔——给人一种印象，仿佛桑·拉[①]会选在这里离地升空，重返土星。切利全家从俄克拉何马州搬到沃茨之后，他就是在这几座塔边成长起来的。我猜在与奥奈特合作之前，在1959年查尔斯·明格斯去“五点”咖啡馆观看科尔曼的四人乐队表演之前，他就已经认识明格斯。明格斯是1922年出生的，比切利大了十四岁（我猜，对，又是猜，明格斯在观看表演时关注的一定是查理·海登，海登在《糙米》中担任的也是贝斯手）。在他的自传《在弱者的外表之下》（*Beneath the Underdog*）中，明格斯回忆起有人在他家附近建造“某种奇怪又神秘的东西”（“犹如三根高矮各异的桅杆，形状像倒扣的冰激凌蛋筒。”），他还讲述了当地的混混是如何冲建造这东西的意大利疯子扔石头的。

在一个阴沉沉的星期天，我们驾车前往沃茨。一路上我们听的不是《糙米》，而是费拉·桑德斯的专辑《突赫德》（*Tauhid*）中的《上埃及与下埃及》（*Upper Egypt & Lower Egypt*）。这首慢悠悠的长曲分成两段，在

① 桑·拉（Sun Ra），自称来自土星的爵士乐大师。——译者注

十分钟里，打击乐器和贝斯弹奏得散漫随意，好像一直都不成调，然后贝斯开始高昂起来，鼓点、电子琴和吉他随即跟上，为萨克斯作铺垫，仿佛下一秒就会出现的萨克斯却迟迟不出现，等了又等，才终于迎来费拉登场，姗姗来迟的萨克斯就像一颗彗星闪耀着划过白昼的天际，你望穿秋水迎来的萨克斯听起来仍像是凭空冒出来的。费拉最早是节奏布鲁斯乐手，你可以在他的演奏中听出他先是一头扎进节奏布鲁斯里，然后才放声哭出来，喊出来，就像婴儿一样，他知道这样放声啼哭才会有人来喂他，号啕能当饭吃。

“就在那里！”这些塔映入眼帘的瞬间，我就叫了起来。

“嗯，不然还能在哪里？”杰西卡说。

“我的意思是我们已经到了，它们就在这地方。”

我们找了个泊位，把车停好。事实上，我们总是在泊车，要么正在泊车，要么正四处寻找泊位，要么正慢悠悠地驶出泊位，要么在验证停车票，每逢这时候，我们总是有点心虚，担心自己把车停在了一个假的泊位里。还有空位这种情况往往意味着它不是泊位，因为如果是的话，早就该被人占了，不可能还空着。

沃茨塔乍一看要比想象中小一些，但不是指高度——三座主塔高耸且优雅，在海拔上竞相争逐，说它们小，是因为这些塔簇拥在一起，被围起来的样子显得没那么大；如果间距再大些，会让它们整体更通透些，不会显得那么密实。我一下车就发现，这种拥挤的感觉是场地周围六英尺高的金属围栏造成的，在视觉上，这些塔不是从地面长出来的，而是从距离地面六英尺的围栏顶端长出来的。从美学角度来说，这么做是要让外面的天空延伸进来，而把人隔绝在外；但实际的效果是，平衡就这样被打破，从美学一端向安全一端发生了倾斜，而颂扬平衡恰恰是这地方的部分原旨。话说回来，也许当日的天气也造成了这种感觉，天空很反常地被一圈云箍着。我们沿着周围走了一圈，第一次亲眼目睹了其结构的复杂和装饰的繁冗。在专辑《糙米》的封面照片上，这些塔看起来只是用金属拼接起来的，简陋得很，但事实上，每一根、每一股、每一缕，不论粗细，都裹着混凝土，装饰着亮晶晶的彩色陶片、绿色和蓝色的玻璃，以及瓷砖碎片。

要想进塔，就必须跟着导游走。我们在游客中心买了票，这地方适度地带着点舒适亲切的感觉，不至于完全像个办公机构。门票是粉紫色的，就像从前你在电影院买的票一样。卖票给我们的哥们儿穿着一件大号的黑色T恤，也只是刚好合身而已。我们给他看杰西卡手机里切利的专辑封面。

“哦，老兄，挺深的。”他说。他很喜欢这张照片，还给同事看了看，把手机还给我们的时候又说了一遍“好深哪”。我还从来没听过有人这样用“深”这个词。这是已经过时的老话，还是我没见识过的新用法，确切地说是带着非裔美国属性的某种来不及转型、尚未普及的新用法吗？我挺喜欢这种用法的，但是无法想象这话从我口中说出来，听上去不带点怀疑或者讽刺的意味。阿多诺是挺深的，这是显而易见的，但如果我说他挺深的，这话听起来会显得很肤浅，或者更糟糕，就像是在刻意戏仿一种肤浅的说法，以显示自己很有深度。

十分钟后才能入场，于是我们就趁这间隙去了隔壁：明格斯青年艺术中心。我喜欢这地方以明格斯来命名，既有致敬之意，事实上也做到了传承。我在伦敦有多少次沿着布里克斯顿路骑着车、乘着巴士，或者迈着两条腿经过马克斯·罗奇公园？真酷啊，居然有胆魄以这个伟大的鼓手来命名，而不是某个英国的诗人：丁尼生大楼、济慈大街、雪莱路，这些地名往往告诉你，这是一个房子租不出去的威胁重重的世界。但即便用罗奇来命名，如果你穿过公园去探访一位住在后面公寓楼里的朋友，这段路的感觉也不会好很多，对，也不会发生什么，但当你终于来到朋友家门前，听到一道道锁被打开，看到大门开启，然后又在你身后重新被关上，你这才放下心头的大石，然后就能安心沉醉在《你说，兄弟，你说》（*Speak, Brother, Speak*）或《金钱丛林》（*Money Jungle*）的音乐里了。

我在洛杉矶这里经历了一些变化，这是一种全新的变化，或者说至少是一种潜移默化的改变，我最近才意识到它的存在。在我二十八九岁时曾经对我意义重大的一些东西——看过的电影、读过的书或听过的音乐——在这段时间里不断地闯入脑海，它们带着一股力量，这股力量在这中间三十年的大部分时间里都处于休眠状态。切利一直在我心头占有一席之地，因为他已经超越爵士乐，演变成了我后来感兴趣的其他音乐类型，但是奥奈特、迈尔斯和柯川[①]则不同，他们重新赢得了我的肯定，但同时又隐约带着点缺失，是的，他们又完全占据了我的心，但这似乎与我自己的情感力弱化有关，而

① 约翰·柯川（John Coltrane，1926—1967），美国爵士乐手，爵士乐历史上最伟大的萨克斯管演奏家之一。

在此之前，我基本上没有感觉到这种情感力的弱化，这次回潮带着一丝老去将死的感觉。

对我来说，明格斯曾经**相当**重要，虽然还不等我对他有所了解，他就已经过世。他与切利、海登和费拉不同，我曾经看过这几位的几场演出，也都和他们交谈过，虽然只是片言只语。这个以“明格斯”命名的中心陈列着许多明格斯的相片、一些唱片封套和CD外壳，还有一些艺术作品，虽然东西不少，但十分钟已经足够把全场浏览一遍了。我们回到门外，与等候入场的其他人会合。我们这批有十个人，大多数是欧洲人，大家围成了半个圈。导游是个面带微笑的非裔美国女士，她问大家参观过程中最重要的规则是什么。

“放开了玩。”有个男人回答。他身上已经套了件够他放开的夏威夷衬衫了。

“玩得开心。”说这话的杰西卡马上就融入了这里的气氛。但是不对，最重要的规则是“不要爬到塔上去”。这是对的，你总不能把这地方当成一个冒险游乐场，任由游客到处爬，可是虽然很有道理，但毕竟是项禁令，总归有点令人沮丧。

我们进场得通过一道上了锁的大门，这样一来，导游的角色就成了狱警，牢里的看守。或许将来有一天，这里会出现一个无形的力场把人们挡在外面，只在特定的时间开放。

在这些塔的一根根茎蔓和一座座拱门的包围下，我们听导游讲述它们的创造者的故事，她讲的和网上流传的那些关于罗迪亚[①]的生平大体上是一致的，但在某些细节上存在很大的出入，包括他的姓名。萨巴托·罗迪亚一生中的大部分时间都被唤作“山姆”这个昵称，他的姓有时候又被传成“罗迪洛”。他出生在意大利的里瓦托里，有人说他出生在1879年，也有人说是1880年；他于十九世纪九十年代移民到美国，在宾夕法尼亚州安顿下来，与哥哥（弟弟）一起在当地做矿工，后来哥哥（弟弟）在一起矿难中丧生。再后来，他移居到了西岸，并于1902年和露西娅·乌奇（Lucia Ucci）结婚。他们一共生育了三个孩子，在西雅图、奥克兰和马丁内斯都生活过，这段婚姻最终在1912年破裂。之后，他当过采石场的劳工，做过瓦匠，并和另一个叫贝妮塔（Benita）的女人走到了一起。

1921年，他购买了沃茨第107街东1765号的这个三

① 萨巴托·罗迪亚（Sabato Rodia，1879—1965），意大利裔美国艺术家、建筑师。

角形的地块，这块地三边各为151、69、137英尺，当时四十二岁的罗迪亚开始着手打造自己的家园和属于他的永恒的纪念碑。据说他开始这项创造是为了在戒酒后找点消遣（但明格斯记得他在工作时还“从瓶子里喝着上好的红酒”）。他和一个叫卡门（Carmen）的女人同居了一段时间，后来，她在1927年离开了他。从那以后，他就一直一个人生活，埋头造塔，一直到1954年。那年他把物产都过户给了邻居，然后就搬到了马丁内斯他姐姐（妹妹）家附近，当时他七十五岁。第二年，邻居把产权卖给了一个叫约瑟夫·蒙托亚（Joseph Montoya）的人，后者本来打算开一个塔可饼铺，这会是全世界位置最特别的塔可饼铺，后来这个计划落空，他又把产权卖给了两名电影界人士，尼古拉斯·金（Nicholas King，演员）和威廉·卡特赖特（William Cartwright，当时是南加利福尼亚大学的学生，后来成了电影剪辑师），为保住这些塔，他们开始了一场旷日持久的保卫战。

导游还在继续介绍罗迪亚和他的作品。我们在场内转来转去，有时候在场地边上，靠近围墙，有时候挨着塔。塔身镶着亮晶晶的玻璃碎片，刻着各种物件的印痕，这些物件要么是他造塔时使用的工具，要么是手头任何现成的东西：玉米面包模具、地毯尘拍、水龙头手柄。罗迪亚在废品堆里翻找，搜寻各种用得上的材料——钢筋、玻璃、陶器、瓶底（绿色的是“七喜”或加拿大干姜苏打汽水，蓝色的是镁乳），以及所有表面的价值被掏空用尽之后剩下的那些废物。这里存在着一种关键性的反差：工程规模之宏大与建造方式和材料之简陋。在唐·德里罗[1]的《地下世界》（*Underworld*）一书中，这种反差令克拉拉（Klara）感到震惊：“她从不知道‘叮叮当当’的粗陋杂物居然能构建出如此恢宏的作品。”

塔高高地耸立着，坚固、复杂、优雅，既充满科幻感，又显得古怪，还兼具高迪[2]式的建筑风格，这些特征一下子同时呈现在眼前。它们就像是混凝土藤蔓连接起来的一片树林，但是没有树冠，它们又像倒置的镶着珠宝的开瓶器，还像……其实你也说不清它们到底是什么或像什么，而这个地方的能量在一定程度上恰恰来源于这种“说不清”。对于《地下世界》一书中的克拉拉来

---

① 唐·德里罗（Don DeLillo，1936—　），美国作家。著有《白噪音》（*White Noise*）等。

② 安东尼奥·高迪（Antonio Gaudi，1852—1926），西班牙建筑师，塑性建筑流派代表人物，作品充满现代主义建筑风格。

说，它看起来像“游乐场、庙宇，还像什么其他东西，她也叫不出名堂来，也许像德里的集市或是意大利的街头美食集市吧”。不管我们想到什么，总有很关键的一部分印象是遗留在“其他东西”里的：它们让人联想到高空探测火箭和一艘三角形船上的桅杆，这艘原本向东行驶的船在沃茨的无风带失去了风力驱动，永远停在了这里，如今，仅剩下围墙上的波纹来象征海洋。导游认为这些与航海有关的线索就是证据，说明罗迪亚的心和他的人生航向都朝着他的祖国意大利，但这种说法遭到了质疑，同行的一名白头发的游客说出了大家的心声。

“这种说法有多少猜测的成分?”

导游坚持认为这是有案可查的，无论是在建造这些塔的过程中，还是在这些塔完工后开始吸引全世界关注的那个阶段，罗迪亚本人的访谈都可以证实这种说法。在全世界把注意力投向它们的时候，它们已经有了神话光环，而神话在忠于真实的同时还会微妙地适应它所迎合的那部分人已经说出口的或者没有说出口的心理需求，这就是神话的性质。但这些塔具有适应能力，也是一个已经得到证实的**物理**现象。导游告诉我们，它们偏离太阳弯曲着，和向日葵正好相反。迎接导游这番话的是长时间的沉默，没人说话，只听得到呼吸声，大家心里都在怀疑；但她接下去又解释说，这是由于混凝土热膨胀造成的效果。围栏把人挡在外面，这些背阳而倾的塔，有一种超越教派的魅力，令人浮想联翩，引来形形色色的解读，这是围栏挡不住的主观投射。而它们传递给人们的，是一种声音，它们正是这种声音的视觉示现，它们仿佛是正在发射电波的天线杆（而不是桅杆），将自己的位置昭告天下，让我们一路寻觅而来。

之前提到明格斯和切利并不是偶然的，在《地下世界》中的另一段文字里，沃茨塔让德里罗的叙述者想起了“一种旋转的自由灵魂的噪音，一座爵士乐大教堂”。边做边学，深陷其中但又未必清楚最终结果，这种即兴创作的性质似乎是该项目本身内在固有的。然而爵士乐在本质上是共有的，到了明格斯的时代，爵士乐已经积累了丰富的历史和大量的理论供人借鉴或摒弃。罗迪亚则是孤军奋战，他一点一点呈现出复杂、精致、气势恢宏的独奏，没有建筑理论的指导，也没有丹尼·里奇蒙[1]、罗兰·科克[2]或者（如奥奈特那样）切利和海

① 丹尼·里奇蒙（Dannie Richmond，1931—1988），美国爵士乐鼓手。

② 拉萨恩·罗兰·科克（Rahsaan Roland Kirk，1935—1977），美国爵士乐手，擅长演奏多种乐器。

登这样的合作伙伴的支持。他最想从周围获得的——也可能是他当初买沃茨这块地的原因——是让自己一个人不受打扰地进行创作，创作出不靠任何人但最终惠及所有人的这样一件作品。

事实上，《地下世界》中那句话的另外一半——“大教堂”——和它的修饰词“爵士乐”一样重要。从某些角度来看，尤其是在照片上，沃茨塔高高地耸立在大地上，犹如格洛斯特或者索尔兹伯里的英国大教堂的尖顶，但至关重要的是，可以说在某些情况下，这种对比并不足以诠释罗迪亚的这些建筑摇摇欲坠却宏伟壮丽的风采。当然，这种比照还是有用的，因为它强调了这些塔的定义里所包含的至关重要的“其他东西”，但还是让我们先来看一下大教堂是怎样达到标准的。

雷蒙·威廉斯[①]曾经说过，英国大教堂虽然令他折服，他还是看到了“它们压在人类身上的重负”。令他感到惊讶的是“建造这些建筑所投入的巨大的人力物力，很多建筑是用石块筑成的精美教堂，它们历经岁月沧桑，依旧屹立不倒，而在它们诞生的那个年代，几乎

① 雷蒙·威廉斯（Raymond Henry Williams，1921—1988），英国思想家、文化理论与批评家。

没人住得上石头房子”。一方面，“很显然，这是一种上层强加的建造方式”；但另一方面，这些建筑也揭示了付出这样大量的生产劳动其实是出于自愿，“工匠们虽然常常出口抱怨，但有时候确实是心甘情愿去建造这些与他们切身的生存需求没有丝毫关系的建筑物的”。从事这些工作的人们自己无片瓦遮身，却“还要为权威建造居所，而这权威既不是人类本身，也与他们无关”。

罗迪亚白天需要工作以维持生计，晚上和周末还要继续劳作，把精力耗费在一件与生计、生存或个人利益完全无关的事情上。没有人强迫他这么做，社区也没有给他捐助，也没人给他报酬。当然，他在造塔之前首先得保证自己有房子住，有遮风挡雨的地方；其次，他着手造的这些塔也不是供什么权威栖身的，它们的确是在表达某种权威，他作为创作者身份的权威，因此，也间接表达了他的人性。如果“人性”这词听起来太煽情或者太敷衍，我们可以再来看看《乡村与城市》（*The Country and the City*）中威廉斯的另一段文字。

关于十八世纪英国乡间庄园大宅的规模和它们所代表的“遗产”的概念，威廉斯就没有那么含糊其词。是的，这样的宅子总是美的，但是让我们来想象一下凝聚其中的劳动，看看要建成那样大规模、大体量的住宅，必须经历怎样漫长而有条不紊的剥削和占用。相比之下，再来看看无论哪个古老偏僻的农场，它们历经祖祖辈辈的劳作——无论绵延多少代，都只凭借着一个家族的努力——最后又变成了什么样子。然后再把目光转向那些其他的“家族”，看看那些制度化地剥削他人的业主积累下来的、傲慢地宣示自己拥有的财富有多少。看看那些土地，再看看那些大宅子，你就会明白，要造成那种差距、形成那样惊世骇俗的比例失调，这背后经历的旷日持久的抢夺和欺诈是多厚的一笔账。不仅如此，相比之下，农场和村舍在这些大宅子的旁边显得何其渺小，但这才符合人类力所能及的正常比例，是人们真正通过自己的努力所创造的或者继承下来的财产；然而，这些“伟大”的建筑所做的，就是颠覆原来的比例，这种恣意妄为与他们平时制度化地剥削他人的行为如出一辙。

这样看来，这些大宅子就成了不加掩饰的权力宣示，对财富和支配力的炫耀：一种要让人心生敬畏的社会分配上的比例失调。

读了这段文字，罗迪亚的这几座塔会让你更加为之动容。首先，因为建这些塔有别于建造教堂，附近的社区不用缴税；其次，因为罗迪亚有能力仅凭自己的努力来完成他口中的“一件大事”，而这种努力远远突破了“人类力所能及”的程度，这种努力与“正常”相比，就如同贝多芬的奏鸣曲与一个在钢琴上自己摸索基本曲调的初学者之间的关系。对于那些庄园大宅，威廉斯敦促我们去“想象一下凝聚其中的劳动”，而罗迪亚的塔本身就体现了劳动，我们无法另作他想，无法忽视其建造过程中投入的非凡的工作。不然，我们**还能**怎样去看待它们呢？是的，在某些特定的不寻常的情况下，如果为工作之余的消遣爱好倾尽毕生之精力，以至于连家庭都顾不上，在这种情况下，一个家族、一个人能够创造出来的东西是不会“何其渺小”的。这些塔与周围的平房和铁道一比，看上去大得不成比例，而这些铁道经常成为地势平坦的指标或依据，但是就算这样，这些塔也没有“颠覆原来的比例”。它们不是不加掩饰的权力宣示，更加不是——这又是威廉斯的话——“把别人逼得一贫如洗，剥削他人的劳动得来的有形的胜利果实”，它们是一种馈赠。它们没有让周围的建筑萎缩，反而提升了周围的社区，甚至回到前文提到的海德格尔的理论，似乎正是这些塔令人们发现了它们周围的沃茨。

令人颇为遗憾的是，对这些塔进行保护的前提，竟然是用无法攀越的钢制栅栏把它们围起来。庄园大宅的设计是要让你看得见，却进不去，而在罗迪亚这块不起眼的场地上，矮墙内的这些建筑就是要和周围的社区融为一体，所以他才会在上面刻下这样的名称："Nuestra Pueblo"，我们的城市。这些必须存在的围栏赋予了塔一种特殊的地位，而它们的特殊性恰恰抗拒这种特殊的地位。围栏所造成的破坏还不止这些，它在吞并这些塔的同时还令它们萎缩了、变小了，感觉它们像是被禁锢起来，有一种种族隔离区的意味。这与六十年代早期的情形大相径庭，那时候，汤姆·安德森[①]在《洛杉矶影话》(*Los Angeles Plays Itself*)里说，"沃茨塔是世界上第一座最畅通无阻的、最具有亲和力的城市建筑名胜"。为证明自己的观点，他还配了安迪·沃霍尔于1963年在现场拍摄的一组癫狂的镜头。现在已经无法像那样满场乱蹦，甚至无法像切利那样拍照，你拍不出自己在沃茨塔边的照片，只能拍出在围栏边的照片。巨石阵也同

① 汤姆·安德森（Thom Anderson，1943— ），美国导演、编剧、制片人。

样在保护措施的干预下萎缩了，甚至已经差不多被毁了。

这些塔的本质就是自给自足，任何外设都是画蛇添足，围栏的存在也就越发令人沮丧。当他的工程进行到一定阶段时，在那么高的地方，罗迪亚还可以在每座塔的安全庇护下工作，他所搭建的东西围着他越长越高，形成了一道安全防护，等过了那个阶段，当塔尖的半径越来越小，小到一定程度的时候，他就得跨出这个盘旋着往上延伸的笼子，可他不需要借助脚手架，在那个时候，塔本身就是脚手架，直至今天都没有改变，这是一个没有内胆、装饰性很强的外骨骼。它们是罗迪亚靠着双手，用简单的工具以及一些基础材料——钢筋、未经焊接就拧在一起的钢材、螺栓或铆钉——搭建起来的，于是，这个一环扣一环的复杂细致的建造过程便被一览无余地呈现在公众面前，令人感觉它们是自然演化生成的，而不是人工设计出来的，就好像在一条主干动脉内流淌的血液最终会流过那些较小的装饰性的桡动脉。镌刻在湿水泥上的那些难以辨认的符号和图案是建塔过程中使用的工具留下的：榔头和浇花园的水管头。所有这一切都进一步加深了自给自足的印象。如果这些塔是寺庙，那这里供奉的就是这个工程本身。导游告诉我们，官方有规定，建筑高度不得超过一百英尺，她说也正是因为这个原因，罗迪亚把三座尖塔中最高的那座控制在了九十九英尺半。也许真是这么回事，但罗迪亚的故事被过度渲染上了感情色彩，依附在这传说上的点点滴滴的善意就像他嵌在塔身水泥涂层上的陶器和玻璃碎片。也许真的是因为政府有规定，塔建到那个高度就不能再高了，就得在那里打住、封顶。否则以他的性情，恐怕还会继续往上造，让它们直冲霄汉，尽管地基还不足两英尺深。

罗迪亚离开后，洛杉矶市宣布他的建筑不安全，其中一个原因就是地基太浅。卡特赖特和金在1959年花三千美元买下这块地产后，为阻止拆除计划，投入了大量的精力。洛杉矶市坚持要（在它们被地震摧垮之前）拆除这些塔，而他们要保住这些塔，经过努力争取，最终和这个城市约定进行一个测试。如果这些建筑能够承受一万磅的压力——相当于每小时七十英里的风力——它们就可以留下来。根据导游的说法，1959年10月10日那天，人们在塔身系上缆绳，然后通过缆绳对它施力，并不断地加大力度，最后缆绳都绷断了；后来，人们又找来了一条新的更结实的缆绳，这回不是连着缆绳的吊车坏了，就是牵拉的卡车发生了侧翻。从这里开始，我们进入了一个与具体细节相异的领域，在这里，事实被修饰得浓墨重彩，近乎奇迹。这种情况，我们可以说它是真相的大敌，也可以称它是档案资料不足的产物，它也可以是个证据，尽管是个可塑性极强的证据。

1965年8月，罗迪亚过世几星期后，这些塔又遭遇了另外一种抗潜在风险能力的测试。在沃茨的几场暴乱中，这一带陷入一片火海之中，而这几座塔却完好无损。这确有其事，但罗迪亚可不是因为塔建好了，所以就离开沃茨，把塔留给邻居，不是这么简单，他实在是烦透了为争取许可而与这个城市抗争，他也受够了那些搞破坏的人。而且沃茨也变了，到二十世纪六十年代早期，这个地方几乎成了非裔美国人的天下。塞西尔·怀廷[1]在她的《流行洛杉矶》（*Pop L.A.*）一书中曾提到，罗迪亚“似乎已经在某些特定的时期把这些塔想象成了从世风日下的沃茨逃离的一处避难场所”，而且“他在1955年放弃家园，也许正是由于周围人群发生的变化”。讽刺的是，在经历过暴乱的洗礼之后，这些塔——移民梦想轰轰烈烈得以实现的象征——反而成了

① 塞西尔·怀廷（Cécile Whiting，1958— ），美国学者、艺术评论家。

象征非裔美国文化表现和文化诉求的一种搬不走的图腾。“换句话说，就在沃茨塔作为城市的文化遗产受到保护的同时，在它们代表的是谁的文化遗产这点上却爆发了争论。”然而，这些塔具有足够的可塑性来克服这些纷争，它们具有足够的力量把这场爱的拔河中各种针锋相对的主张凝聚在一起，拧成一股绳。暴动过后不到一年，这些塔变成了“‘世事本该是什么样子’的一个梦想”——这竟然是《纽约时报》一个颇有声望的记者托马斯·品钦的评价。这话所用的时态很关键，不是“世事将来可能或者会是什么样子”，而是“本该”，同时满怀着遗憾，甚至是怀旧的感伤。这种心态几乎已经成了必然，因为这些塔总是让人产生其他的联想，无论你想说什么，你总觉得不能把话说得那么绝对，即使是忠实的拥趸也不会放言说这些塔绝对是杰作，除非……

艺术作品始终没有完成，自此便半途而废，我们对这种事并不陌生，但罗迪亚似乎是在完成的那一刻才放弃他的作品的。塔完工的那一刻，这件毕生的作品也完善了他，令他获得了圆满。从另一种意义上来说，通过一些人和事物，比如切利的专辑封面，比如来自四面八方的游客，比如每年在这里举行的各种节庆活动，它们也在不断地经历完满。（围栏上的提示牌强调着在意大利诺拉举行的吉利节的重要性："沃茨塔与该节日中使用的标志物十分相似，因此，他的创作灵感可能就来源于该标志物。"）修修补补是需要的，但后来事实表明，经过这么多年，恰恰是修补的部分需要进一步的修补，此时原作品令人称奇的耐用性进一步凸显出来，并得到了验证。塔本身比使用的修缮手段更加牢固。这种创造自身传奇的能力是自然生成的，永远都不会衰竭。

这些塔扎根本土的同时，又以它独特的方式昭示其普世性，这很了不起，虽然带着一丝任性的味道，这一点连同罗迪亚所取得的成就，都已经被巴克敏斯特·富勒[①]和雅可布·布洛诺夫斯基[②]这样的仰慕者宣告证实。[雅各布在《人类的攀升》(*The Ascent of Man*) 一书中谈到去参观当时还未被安上围栏的塔时，称它们为"他最钟爱的建筑名胜"。] 至于罗迪亚是否创造了一件艺术品，那就是另外一回事了，或者说，要问"它是不是艺术品"，就会带出另一个问题：它是**哪一种**艺术品？在这里有一个心照不宣的看法，"艺术品"是终极的价值

---

① 巴克敏斯特·富勒（Buckminster Fuller，1895—1983），美国建筑师，曾提出"低碳"理念。

② 雅可布·布洛诺夫斯基（Jacob Bronowski，1908—1974），英国数学家、生物学家、科学家。

证明和检验（比应力测试还要苛刻），但是塔本身的一项功能也许就是抵制这种想法，令它站不住脚，对这问题的合理性进行质疑。也许塔已经超越了艺术品的范畴，艺术的概念已经不足以作为标准去衡量这样的成就。

这些塔固然独特，但是作为一个意志坚定、自给自足的创造现象，同时还具备这么大的规模，它们既谈不上史无前例，也不能算无与伦比。约翰·伯格就曾经写过一项类似的创造，这就是邮递员费迪南·谢瓦尔（Ferdinand Cheval）在法国德龙省欧特里沃建造的——用他自己的话来说——“一座超越一切想象的宫殿”。谢瓦尔（1836—1924）用三十三年的时间独立建造和雕塑出了他理想中的宫殿。“这是件赤裸裸的、没有传统的作品，”伯格写道，“因为它是由一个‘疯狂的’大老粗一手创造出来的。”从沃茨的角度来看，谢瓦尔的宫殿的存在则意味着可能仍然是有传统的，即便这传统零零散散，少得可怜。罗迪亚对此一无所知，这又让我们认识到，这一传统的其中一个本质特征就是其存在不为人知；另一个特征就是，这一传统的其他实例或者构成部分保持着一种默默无闻的状态，因此也就没有受到保护（何况这种项目还有很多始终没有完成，虽然创造者的初衷很美好）。谢瓦尔的那句大话听起来不无道理，“我给自己凿了一块纪念碑”，这句话也许真的可以作为所有类似的孤独创作的铭文，但是顾名思义，每逢有人投身这样的创作，这句话就得重想、重刻、重写，就算意思是一样的，引用照搬也是不可能的。

虽然我们进场晚，但还是一到点就结束，没有拖延，让下一批游客可以及时入场，避免引发后面一系列的延迟。因此，整个参观的过程感觉被压缩了，受到安全围栏约束的同时，也受到了时间的挤压。我们慢吞吞地拖着脚步，在被押回游客中心前最后拍了几张郁闷的照片。意外的是，当我们回头看这些塔时，脑海中浮现的不是罗迪亚的某个同道中人——比如谢瓦尔——的作品，而是一个截然相反的东西：一个想把意志强加于永恒之上的统治者命令他人建造的一座纪念碑。在雪莱的那首著名的诗里，奥西曼提斯（Ozymandias）告令天下：“盖世功业，敢叫天公折服！”[1]他狂妄的雄心最终被时间摧毁，沦为了笑话。这个统治者的雄心如今只剩下黄沙中的“两截巨腿”和一个“断落的头像”，周围

① 出自雪莱的十四行诗《奥西曼提斯》，该句翻译采用王佐良译本。——译者注

是寂寥平沙，茫茫一片。罗迪亚的雄心只是“做一件大事”，按通常的理解，这甚至都算不上是雄心。E.M.齐奥朗[①]认为，埋头挖地道的鼹鼠是有雄心的，“生活是一种雄心的状态”，但是，按通常的理解，雄心总是在任务本身所赋予的满足感外还有别的诉求：赞誉、认可、名望、金钱。与阿多诺背道而驰的是，造这些塔似乎是罗迪亚的消遣爱好，他利用闲暇时间来做的事，尽管在这件事上他使出了坚持不懈、专心致志的劲头。在这点上，阿多诺关于消遣爱好的认识是错误的：它可以成为人生的终极目标，并且赋予生命意义，即使就像罗迪亚那样，你还不得不把大部分的时间花在别的事情上以维持生计，换取那部分自由的时间。所有的工作都是他一个人完成的，他的说法是，因为向别人解释他想要做的事实在太复杂，会事倍功半，但也有可能连他自己都不完全清楚自己在做什么。“你总得干点什么吧，做点他们从来没有做过的事。”就连这话也是他在完工后说的。因此，也许就如盖瑞·温诺格兰德[②]那句具有强迫

① E.M.齐奥朗（Emile Michel Cioran，1911—1997），罗马尼亚文学家、哲学家。

② 盖瑞·温诺格兰德（Garry Winogrand，1928—1984），美国摄影师，街头摄影的倡导者。

症意味的创作信条所述，“我之所以拍照是为了看看照片呈现出来是什么样子”，他造这些塔也是为了看看它们造出来后是什么样子吧。

另外一个有效的对比物是大卫·贝斯特[①]在内华达州的火人节[②]上设计的庙宇，虽然也差不多大，但是与罗迪亚的塔和奥西曼提斯的纪念碑不同的是，造这些庙宇不是为了让它永世长存，而是要在每年这个为期一周的狂欢节的最后时刻将它付之一炬。罗迪亚的塔是独立建造的，而贝斯特的作品则是数百名志愿者共同努力的成果。但塔也好，庙也好，都是立足于社区，为周边地区（就罗迪亚而言）或为城市（就贝斯特而言，不可否认，只是暂时）提供了一个焦点。

罗迪亚日复一日地坚持着，循序渐进地堆砌着他的作品，尽管顶着疲劳和病痛，尽管难以抑制想躺下来休息的念头，他都挺了过来。我叔叔的房子也是他自己建的，他白天给人砌砖打工，工作之余还给自己造房子，他说这几乎要了他的命（多年后，他真的在建成的房子

---

① 大卫·贝斯特（David Best，1945— ），美国艺术家、雕塑家。

② 火人节（Burning Man Festival），美国反传统艺术狂欢节，每年八月底至九月初在内华达州举行。

的车库里要了自己的命)。也许正是这种一条道走到黑的执拗劲使罗迪亚能够坚持下来，就像有些人能够隐忍积怨几十年。他有要做的事，他坚持不懈一直做到完工。即便如此，也一定还有这样的日子：罗迪亚不得不拖着疼痛的双腿挪到塔边，艰难地抬起沉重的双臂，奋力向上攀，在这样的状态下工作几个小时之后，乏味沉重的体力活所造成的违和感才逐渐被一步步推进的稳定的节奏代替，这样他就不需要再克服身体的抗拒，不需要再强迫自己，就能继续干下去；又或许是这样，到了某个阶段，他已经彻底习惯了工作，一点都没有想到要去做些别的什么，这就是他放松的方式。Travailler, ça repose，工作即休息，这正是罗丹体现的艺术家人生的理想境界。他四处收集材料，顽强地把各种东西往塔上拽，日复一日，从未停歇。

有一个谢瓦尔或罗迪亚，就有几百个怀着相同想法的怪人，他们也曾立志要在时间、钱财、精力、意志等条件耗尽之前干“一件大事”。结果呢？有些人厌倦了，觉得没劲了。专心致志地投入一项工作使他们不得不远离烈酒，口干舌燥地忙了一天，或者一星期，又或者一年之后，酒的诱惑大到他们无法抵御，仔细想想，有这样的奖励也知足了。其实并不一定是“一件大事”，那些最平凡的想法也往往实现不了：改造一间阁楼，照计划扩建一套房子，修理一扇摇摇晃晃、很难关上的大门。知道自己有事情要做，有任务要完成，这个念头就足以让你一直拖下去，让生活带上一种臆想出来的目的性以及不断得到改善的可能性。一名律师在一拖再拖之后，决定一个星期只上三天班，这样他就可以有更多的时间来吹萨克斯，这是他一直想做而没去做的事，然而，在这多出来的供他自由支配的两天里，他发现这个音乐梦的主要目的就是蒙蔽他的双眼，令他看不清自己的真实身份：他其实彻彻底底就是一名律师。（也许像罗迪亚那样的人必须处于一种近乎持续的绝望状态中，没有其他的出路，甚至不论幸福与否，连婚姻这种最普通的依靠都没有。“那些‘有退路，有依靠’的人无一例外地选择了退路，”大卫·马梅[①]在文中这样写道，“他们一直都是这么打算的，所以才会一开始就给自己留了退路，但在那些没有其他选择的人眼里，世界则是另外一番景象。”）或者再来想象一下，有这么一个人，他相信自己头脑中有一本书，最后发现这本想

① 大卫·马梅（David Mamet，1947—　），美国剧作家、电影编剧。

象中的书注定只能留在他的脑子里，写不出来，也完成不了，更别说出版了。这种觉醒或者认命可不局限于那些梦想写书的人，作家也被一种无法再继续创作的恐惧不断困扰着，担心每一本书都可能会是自己的最后一部作品，这种不安往往成了刺激他们持续创作的动力，事实证明，害怕自己将来失去创作能力，这种恐惧是一个强大的、立竿见影的激励因素。然而，随着时间的推移，他们会意识到有哪些书他们是不会去写或者说写不出来的，到一定时候，许多作家也会考虑像乔治·斯坦纳[①]那样，写一本他们自己的《我没写的那些书》（*My Unwritten Books*），但在大多数情况下，这本书最终也会被归为他们没写的书。冠上那书名的也许有两种书：一种是没开始写的，一种是没写完的。

多年来，我一直想写一本书，书名叫《吉米·加里森的叙事曲》（*The Ballad of Jimmy Garrison*），我想在这本书里写柯川的贝斯手，写他在埃尔文·琼斯[②]和麦考

① 乔治·斯坦纳（George Steiner，1929—2020），美国文艺批评家、学者、翻译家、小说家。

② 埃尔文·琼斯（Elvin Jones，1927—2004），美国爵士乐手。

伊·泰纳[1]离开后，在经典的四人乐队（加入罗西德·阿里[2]和费拉后）扩张成六人乐队然后又（由爱丽丝·柯川[3]接替泰纳成为钢琴手）精简成五人乐队后，还一直跟着柯川，不离不弃。另外，我还一定会写奥奈特·科尔曼［加里森和埃尔文与他一起录制了《呼叫爱情》（*Love Call*）和《纽约就是此刻》（*New York Is Now*）］，我会写科尔曼和海登在洛杉矶相识的经历，也会写费拉和艾伯特·艾勒[4]。我喜欢这书名，但我心里清楚，这本设想中的书永远都不会达到一本书所需要具备的厚度，最多成为一部合集里面的散篇，而这部合集的副标题——《与其他短文》——等于是在承认失败和放弃，这种失败事实上比我所承认的更为彻底。

2013年，我和杰西卡在布鲁克林的威廉斯堡待了四个月。每次一有机会——曼哈顿市中心东区有个会议，或者在PS1[5]有场展览——我都会搭乘东河渡轮赶赴那

① 麦考伊·泰纳（McCoy Tyner，1938—2020），美国爵士乐钢琴家。

② 罗西德·阿里（Rashied Ali，1935—2009），美国爵士乐手，发展了一种被称为“自由爵士”的打鼓风格。

③ 爱丽丝·柯川，约翰·柯川的妻子。

④ 艾伯特·艾勒（Albert Ayler，1936—1970），美国爵士乐手。

⑤ 指美国PS1现代艺术中心。

里。这么棒的设施并不多见，它把观光和交通结合在一起，同时满足了游客和上班族的需求。

1970年11月25日，人们在东河里发现了艾伯特·艾勒的尸体。当唐·切利在哥本哈根第一次见到这个“眼睛亮晶晶的，笑得很开心”的男人时，他感觉“面前的这个人具备了神的天赋与神的音容”。（与奥奈特和海登一样，）艾勒曾在1967年7月21日为柯川的葬礼献演，他相信柯川是父亲，费拉是儿子，而他自己是圣灵。他最后死在了东河，关于他的死因，有各种传闻，也有人称这背后有阴谋，但公认的解释是自杀。

以爵士乐的标准来判断，艾勒并不是个多产的作曲家，但他几首最棒的曲子是爵士乐历史精妙的浓缩：从新奥尔良行进乐队到最后超越被他称作“宇宙比博普”的柯川风格而形成的曲风。切利说，艾勒那首最有名的《幽灵》（*Ghosts*）“应该作为我们的国歌”，这评价不难理解，或者说听到这首曲子就会明白他为什么这么说，即使这样一首国歌会颠覆国家和国歌的概念，将它们撕得粉碎，最后又令它们起死回生。

我听着《幽灵》所宣泄出的狂热的绝望，听着《普世印第安人》（*Universal Indians*）与《欧米加》（*Omega*），搭乘着东河渡轮，往返穿梭于威廉斯堡与第三十四街或布鲁克林大桥之间。我做的寥寥几行笔记最终成了无用功，我只知道为时已晚，早在1989年，我就该动笔写艾勒的。事到如今，《吉米·加里森的叙事曲》只会空留个书名。

你就这样放弃，到底是因为实在没法写，还是因为你太懒，因为你缺乏毅力坚持下去，无法下功夫去把它写出来，所以才千方百计地去证明它没法写，这背后的原因实在难以分辨。即使你已经写了很长时间，尤其是这种时候，再去一层层地扒开令你半途而废并且心安理得的那些遁词，那些自我欺骗和自我开脱的借口，想要从中探寻答案，几乎是不可能的。一旦下决心放弃这艘“沉船”，就需要一定的意志力毅然决然地纵身跳下，不要再偷瞄手稿，要克制自己，把时不时冒出来的“或许”的闪念压下去，不要放不下，在兹念兹，否则这个“兹”本来已被放弃，却又倒回到正在被放弃的过程中，然后便进一步回到不死不活的状态。在一定时候，彻底退出是唯一的出路，在这之后，你放弃的、丢弃的那些东西，有些部分可能会以一种完全不同的方式在创作某种新事物的过程中被再度启用。

这里也存在着另外的可能性，你可能会在耗尽创意或者变得神志不清之前先耗尽了时间，有些没有完成的书稿就是因为人生草草收场、生命提前终结所导致的。四十六岁的阿尔贝·加缪在车祸中丧生时就随身带着他当时正在创作的小说《第一个人》(*The First Man*)的手稿。神话人物西绪福斯就是通过加缪的作品被大众熟知的，他说我们应该想象，西绪福斯每天把巨石推上山，他在这过程中是快乐的。但是对于任何一个从事个人劳动的人来说，罗迪亚是一个好得多的榜样，这有两方面的原因。他的劳动和加缪的一样，绝对不是无用功，而且这种劳动让快乐与否的问题显得多余又无关紧要。(那些执拗的人的词典里何曾有过“快乐”这个词?)每天，他都能获得些进展，而不是从头开始，从前一天早上的那个起点开始。理查德·弗兰纳根[①]的小说《通往北方的小路》(*The Narrow Road to the Deep North*)中的主人公认为，西绪福斯体现了“希腊人的惩罚观念，就是在最渴望的事情上不断地经历失败”。这三个词中的两个(“失败”和“渴望”)都与罗迪亚做的事无关，但是他给自己设置的任务却极具惩罚性。然而这种惩罚感与他通过努力所获得的满足感和成就感几乎无法区

---

① 理查德·弗兰纳根(Richard Flanagan，1961—)，澳大利亚作家。其小说《通往北方的小路》获得英国布克奖。

分。每过一天，塔就长大一点，或者令它们持续成长的材料就多一点。遭遇失败和挫折，发现原来的方法行不通，这些经历成了坚持下去并获得成功的前提。明格斯回忆说，罗迪亚“在工作时不断地改变想法，把不满意的部分拆掉，从头来过，于是两层楼那么高的小尖塔会从地面升起来，又消失，然后再升起来”。但是每天都能取得些进展，因为错误也是必要的手段。

在《人的境况》(*The Human Condition*) 一书中，关于宽恕有一个著名的章节，汉娜·阿伦特写道：“只有从他们所做的事情中解脱出来，通过这种不断的相互解绑的方式，人们才能保持主动者的身份，只有不断地愿意去改变自己的想法，将它们推翻重来，他们才能被赋予伟大的力量，从而开始新的创造。”罗迪亚是否表现出一种强烈的**无法宽恕**的感觉，无法宽恕他自己？他的劳动是否带有一种**惩罚**（又是这个词）的意味？他发现自己的方式存在问题，于是改变想法，从头来过，继续鼓捣原来的那件东西，总是那同一件，唯一的那件。

每天，他攀上已经搭建起来的那部分，去搭建还没有做出来的那部分，最终都能取得些进展，但这进展是一点点累积起来的，让人难以察觉。（与西绪福斯形成关键性反差的是，）他每天都要比前一天多花一点力气才能爬到他可以开始工作的那个高度，因此，他的目的也许和那些登山客的目的差不多。罗迪亚为什么要造自己的纪念碑呢？也许当希拉里被问到为什么要攀登珠穆朗玛峰时，他回答的那句脍炙人口的话转成否定就是唯一的答案：因为它不存在啊。

九

古埃及人一生中很多时候都沉湎于来生，他们不是在对尸体进行防腐处理，就是自己在接受防腐处理。他们一丝不苟、不辞辛劳地做着准备，他们以为自己死后就能马上进入来生，但事实并不是这样，真正的来生在十九世纪中叶才开启，他们被人从沙墓里挖掘出来，或者更确切地说，从沙子的子宫里脱离出来，与其说他们是被沙子埋葬着，倒不如说他们是在沙子里孕育成形的，就像模具里的模型一样。从被发掘面世的那刻起，他们以一种不朽的、理想化的形式成功获得新生，被游客簇拥着，被人存照留念，接受四方敬仰，宛如神灵现身于某个永恒的当下。

刚开始看起来好像是这样，但这背后还隐藏着一丝怀疑：古埃及人这样孜孜不倦，是要给后世留下一些诱人的线索，引导他们去探究古埃及文明的本质吗？而鉴于他们对身后之事那么着迷，这种怀疑也不能算作无稽之谈。然而，如果是这样的话，他们一定很清楚，自己的文明终究会湮没于历史的长河，尽管这文明里有这么多表现永恒的意象；而这对于这个没有读过吉本[1]的《罗马帝国衰亡史》(*Decline and Fall of the Roman Empire*)的民族来说，是相当了不起的，对他们来说，现代意义上的历史还在遥远的未来。他们无比精确地推测出什么可能会在经历沧桑与浩劫之后存留下来，然后我们又将如何再据此逆向推算出他们的年代。(从这个角度来看，奥西曼提斯可比雪莱聪明，眼光更长远，他才是笑到最后的人，雕塑师在设计的时候一定充分考虑到了寂寥平沙和它所起的作用。)罗塞塔石碑的发现绝对不是偶然：这个石碑存在的目的就是为了被保存下来，让人找到并破译出来。这也是为什么虽然来自那么久远的古代，但所有的雕像、头饰、艺术和雕刻却都呈现出未来派的风格。就像宇宙飞船上的机组人员在飞向太阳系深

① 爱德华·吉本 (Edward Gibbon，1737—1794)，英国历史学家。

处的某个星球的旅程中，在一种假死的状态中维持着生命，古埃及人知道他们必须经历漫长的等待，熬过沙漠的种种考验，所以选择了坐姿。法老像面部的笑容是赢得这场旷日持久的赌局后胜利的喜悦，他们看起来像是正等着被世人发现，同时又像是刚刚被世人发现，这令他们欣喜不已，乐个没完。

开　始

现在，到了最后，我得回头来说说我们期待已久的加州生活是怎么开始的。我们从伦敦起飞，在被安排升舱后坐在了商务舱（我终于坐到了本该属于我的位子，就如那个挪威空姐保证的那样），然后，在2014年1月搬进了威尼斯的一套小平房。时机很巧：当英国被大浪或者至少是高涨的河水吞没的时候，这里的天气，即使以洛杉矶的高标准来说，也是出奇的好。我们很快就养成了一个固定的好习惯：八点去喝咖啡，在“知识分子”咖啡馆享用一杯八盎司的卡布奇诺和一个烤了两遍的榛果羊角面包，然后，杰西卡会去附近的卡尔弗城上班，我会回家开始工作。每隔一天，我都会在下午骑着自行车到海滩边的网球场，在那里打一个小时的网球，然后，再伴着太平洋上空缓缓下沉的红日骑着车回家。

这样的新生活只过了几星期。有一天，我俯身把垃圾塞进已经满满当当的垃圾桶里，当我直起身的时候，半个世界不见了，它消失了，又好像还在原处。厨房的墙就在眼前，但看起来不太对劲：很眼熟，但又有些变化，就像在梦里一样。哈，我认出来了，浅黄色的墙上有一段棕色的木条，那是镜子的边框。我正在朝镜子里看，但我像个吸血鬼一样，看不到自己的影像。镜子成了窗户，但这扇窗里的风景只有在我身后——在我原本所处的位置后面——的那面墙，房间另一边的墙。那么我去哪里了？

“我的眼睛出问题了。”我冲杰西卡大喊。她正在卧室里，但她也处于半消失状态，我只能看到她身体的一半，她的脸不见了。我轻轻地捶了捶自己的脑袋一侧，好像这样就可以把一切敲打复位，把隔在我与世界之间的那块不透明的滤光镜敲掉，但此刻甚至连**存在**一个“我”这样的念头都已经没有往日那么确定了。我想要弄明白这个有东西存在、又有东西不存在的虚幻世界，却被搞得越来越糊涂。

“出什么事了？”她问。

“嗯，不管是什么，反正很像嗑了药的感觉。”我说，“我看不到那个……？墙怎么变成了门？”

我把一只眼蒙上，再换另外一只眼，想要排除各种不确定因素，就像你应对电路故障时做的那样（灯泡、保险丝、插座……），想要确定哪里出了问题，我的哪部分视觉丧失了。

“我好像瞎了一只眼，左眼，但好像又能看到点东西。你去哪里啦？”

“我就在这里啊。”

“为什么我看你只看到门厅？”

杰西卡的眼睛经常出问题，十天前她还因为眼角膜溃疡去医院看了眼科。她说我们现在应该去那里。好在她的工作为我们提供了医疗保险。于是，她打了个电话过去预约，医院那边说可以把我们安排在九点半。现在是八点半，坐出租车过去要二十分钟，这意味着还来得及做每天早上都要做的那件事：去“知识分子”咖啡馆喝一杯八盎司的卡布奇诺，吃一个烤了两遍的榛果羊角面包。他家的羊角面包虽然不及刚过去的那个秋天的四个月里我们在纽约天天吃的甜甜圈工厂的甜甜圈，但这还是变成了一个固定的习惯。准备工作花的时间比平时长，我不停地问那东西在哪里，那个我用来存放医保卡和信用卡的东西，那个蚌壳一样的卡片夹在哪里，还有我的钥匙在哪里。她告诉我后，我马上又会问别的东西在哪里，我不确定自己是否已经拿了卡和钥匙，我还在想是否还需要带上护照，最后发现钥匙在我手上，信用卡在我口袋里。就这样折腾了十分钟，我们才出门。在这段时间里，杰西卡很快就耗尽了耐心，她说自己就像在对付一个退休的半老头和一个嗑药嗑嗨了的孩子的结合体。

我们向咖啡馆走去，我抓着杰西卡的胳膊。人行道还是原来的人行道，马路还是原来的马路，眼前有行人和车辆、耀眼的阳光和各种色彩。我们排队点了每天必点的那几样东西，照常吃着面包，喝着咖啡，这时候，一部分世界好像又回来了，这感觉更像是我并没有全部在这个世界里，我妈妈以前就是这样来形容有精神问题的人的。

我们在Uber[①]上叫的车到了，车子很快就奔驰在威尼斯大道上了。我现在可以用左眼看到些东西，但没有周边视觉。

到医院后，护士马上给我滴了眼药水，使我的瞳孔扩张，这样眼科医生就可以看清楚里面的状况了。之前

---

① Uber，中文译作“优步”，是美国的一款打车应用软件。

在出租车上已经稍稍恢复了些视力，现在在眼药水的作用下，双眼的视觉都失真了，原本就很明亮的世界变得更亮了。医生做了些简单的测试，依次蒙上我的一只眼睛，并在我的脑袋两边来回摆动手指，来测试我的周边视觉。

“我伸的是几根手指?”

“两根。”在右边，我能看得到；而在左边，我连她的手臂都看不到，奇怪的是，不论用左眼还是右眼，结果都是一样的。

在我失败的这几分钟里，她成功地排除了一些可能性。既然双眼存在同样的问题，都缺乏左侧视觉，那么病因就一定隐藏在眼睛背后，在脑子里，因此，要么是偏头痛，要么是中风。这是第一次，“中风”这个字眼突然冒了出来，我可不想听到它，但它恰恰就如叶芝在一个完全不同的语境中所说的那样，出人意料的字眼恰恰也正是对的字眼。如果我能在刚开始丧失视力的时候保持冷静，也许还会开玩笑说我得了中风，但事实可不是闹着玩的，这点医生表达得很明确。她说我们必须立即去急诊中心，她拿起电话通知那边的人，说我们马上就到。既然我还能走动，步行过去会比等轮椅来接我节省时间。

于是我们就这样走过去，就像我之前抓着杰西卡的胳膊走着去咖啡馆那样，不同的是，由于眼药水的作用，我除了在行动上表现得像个嗑了药的老孩子，现在连模样也像了：两个瞳孔大得如同餐盘一般。

一名护士把我们领进了一个装着帘子的隔间，我换上了一件病人穿的袍子，就是背后系带的那种，这种袍子的目的好像就是要让你变得虚弱，降低你的自理能力，走几步就有可能遭受奇耻大辱，把屁股露给全世界看。袍子宣布你现在是一个病人了，是一个接受治疗的人，治疗对象。一名急诊大夫很快就接治了我，他把眼科医生做过的那套又做了一遍，还加了些他自己的测试项目。他摸了摸我的双腿和脸颊两侧，问我是否能感觉到他在做什么——我能感觉到，而且，我两只手都能用力握拳，我还能伸直双臂和双腿，我能自如地吞咽和说话。每完成一项小测试，医生都会说一句“很好”，这话不仅让你感到安心，还很令你骄傲，仿佛你在学校里答对了题或在网球课上击球十分精准：这是作为学霸感受到的那种满足，觉得自己不是个笨手笨脚的傻瓜，也不是个在肉体和精神上严重受创的人（比如那个正躺在那边的轮床上呻吟的伤得体无完肤的家伙）而产生的成就感和自豪感。然而，让人有点泄气的是，我被降级了：之前还能自己走动，现在我躺在轮床上被人推着去另外一幢楼里做核磁共振检查。我的瞳孔张得很大，加州的日照又很强，我不得不把双眼闭得紧紧的。

不一会儿，我就被推进了核磁共振扫描仪，检查的程序与我几天前在洛杉矶博物馆詹姆斯·特瑞尔回顾展上体验**知觉舱**的过程十分相似，却又大不相同。对于能预约到或者求到这样一个机会的少数幸运儿来说，那场展览的亮点就在于此：你只身一人被两个身着白色的实验室工作服的助手平推进一个像核磁共振扫描仪那样的装置中［这两个助手都是女性，跟电影《潜水钟与蝴蝶》（*The Diving Bell and the Butterfly*）里的护士一样漂亮］。然后，舱门关闭，你沐浴着柔和的蓝光。体验过程有两种设置可选，我当然是选强度大的那种。光开始跳动、变幻。耳机里播放的是没有节拍的音乐，让你完全屈服，沉浸在一个非物质的纯光世界里。随着分形几何图形生成和色彩频闪变得越来越快，你已经无法判断这些明亮的图形和刺眼的闪光是外部世界显示出来的还是你头脑里的幻象。是外层空间还是内层潜意识？不管是什么，它就像是无穷世界里的惊鸿一瞥，无穷，不是永恒。整个体验过程只持续了十分钟，在这过程中，你可能会忘了自己的存在，但却不会忘记时间。我是愿意在里面待上几小时的，甚至待上一整天都可以。

在同样长的时间里，核磁共振扫描仪根据我脑部的情况画了一幅图。然后，我伴着扫描仪咔嗒咔嗒的声响出现，爬上轮床，被推回隔间去等候检查结果。不到一个小时，大夫回来了。

“很遗憾，你得了中风，”他说，“缺血性中风。”它发生在我右脑后侧，影响了我左半边的视觉。他们得留我在医院过夜，再做些检查。我当时的第一反应是：该死！我中风了。紧接着的第二个反应是：谢天谢地！我们有医疗保险。然后，马上又是第三个反应：我下方可能有一组活板门正在敞开。一个问题引出另一个，一个比一个严重，这个之所以会这样，是因为某个别的东西有故障；而**那个**之所以出差错，是因为另外的东西存在问题。要知道接下来会是什么，就必须更深地钻进你的存在里，搞清楚你的存在还能持续多久，如果还没结束的话。

我被推进了一间病房，透过我仍旧扩张着的瞳孔，我那习惯了英国国民健康保险制度的双眼看到的是一间像是商务等级的病房。杰西卡回家去给我拿住院期间我需要的东西。当时急急忙忙准备出门去咖啡馆的时候，我们为什么就没有想想后面的事？为什么那么执着，一定要去喝咖啡，要去吃烤了两遍的榛果羊角面包？我就像两手空空地出现在派对上的客人，我没有带书，反正我也看不了书，但我给《新共和》（*New Republic*）新闻杂志两周一篇的专栏稿明天就到截稿日期了，可我的手提电脑还在家里。这个专栏稿是要在仔细观察一张新闻照片的基础上，根据照片内容写一篇五百字的短文。幸运的是，我已经选好了照片，于是在被推进推出做检查的间隙，我开始根据脑海中对这张照片的印象，在一个信封背面记下自己模糊的想法。在这过程中，我做的其中一项检查是头部和颈动脉的超声波，用那个操作机器的技术人员的话来说，这项检查能“显示问题出在哪里”。我能听到监测器上我的心脏在“哗哗汩汩嗞嗞”地响，我不知道这算不算正常，但我对自己的心血管系统绝对有信心。

“我赌十美元，我的心脏绝对健康。”我说。然而这个技术人员可不愿赌，幸好他没赌，因为我的心脏和动脉就如我吹嘘的那样，热火朝天地泵送着血液，不管不顾，感觉像过了今天就没有明天似的。它这么有劲，感觉我还能活上一阵，还有好多个明天在等着我。

“至少我们现在知道了问题不是什么。”检查结束后，他这样说。是啊，我们知道了问题不在哪里。

傍晚时分，我做了个静脉注射CAT扫描[1]。杰西卡带着我的手提电脑回来了。我们自己又摆弄着手指测试了一遍，这套个性化的动作当然很不专业，结果显示我的视力好像还在继续恢复。等她离开后，我已经可以在电脑上把记的笔记打出来，匆匆凑成一篇文章，然后发给了杂志社，以防万一我第二天因为什么原因没办法这么做。后来的事实证明这是个明智的决定，但这并不是因为我的病情急转直下，而是因为这一晚上一刻都不得消停，到了第二天早上，我已经累得没法好好思考。每当我快睡着的时候，就有人进来检查我的血压、脉搏、体温，给我抽血或者监控身体的各扇“门”、各条“道”的情况。我很乐意受到这样的关注，甚至很高兴看到理疗师，让中风患者尽早恢复活动是很重要的，但他的专业技术在我这里完全派不上用场。所有这些实际上都只是在为重头戏做准备：快到中午的时候，神经科医生出现了。他是韩国人，戴着眼镜，比我年轻些，而且他有个女儿在斯坦福——我也不知道怎么会提到这个。此刻，面对他，作为他的知识和技术的受益人，我不由得惊叹自己已经完全忘了有体魄强健这回事，健康

① 即计算机X射线轴向分层造影扫描。

有怎样的好处，他就是个令人信服的活广告。

他说目前已知的所有检查结果都是阴性的，除了有中风这个小问题，我的身体很棒。这并不意外，正如我所料：我一直在打网球和乒乓球，我骑着自行车到处跑，我精瘦精瘦的，我爱喝豆浆，我最喜欢的肉是豆腐[1]。

“我甚至吃鸡的时候还把鸡皮剥掉！”我告诉他。

然后，我们把那套熟悉的测试又做了一遍，捏手、摸脸、数手指等等，我无意吹嘘，但我都表现得无可挑剔。我没问题了，我的视力差不多全恢复了，等办完手续，我就可以回家了。医院里的每个人都在煞费苦心地强调**任何**中风都是极其严重的，如此严重的病症，而我却恢复得这么快，到现在已经差不多完全好了，而与这种矛盾形成共鸣的是另一种反差，诊断技术极其精良，价格不菲，而应用的疗法却普普通通，很不起眼：小剂量的阿司匹林。我还有几项检查结果没出来，这名神经科医生在离开之前，预先加开了一种降低胆固醇的药——立普妥。

两点钟的时候我已经回到了家。我头疼得厉害，但

---

① 原文为“My favourite meat was tofu”。

是这种感觉很熟悉，并不算异常，我之前已经经历过无数次，这是前三十个小时的重大事件遗留下来的后遗症。我先睡了几个小时，然后骑着车到了海滩上，在临近黄昏的那片灿烂的阳光中，沿着海边走了一会儿。

我竟然会中风，这实在令人难以置信。我才五十五岁，实在太年轻了，和同龄人相比，我觉得自己是最不可能遭遇这种事的人。我从来不吸烟，酒是没少喝，但比我许多朋友都喝得少，而且一年比一年喝得少，我本能地抵制那些不该吃的食物，除了甜甜圈和羊角面包。我一直都吃很多油酥糕点，在纽约的时候，我吃甜甜圈的习惯变得……也不能说毫无节制，但四个月来一天吃一个，鸡蛋则是每星期吃两次，几个嫩嫩的水煮蛋，但这些相对于我整体健康的饮食和生活习惯来说，又算得了什么？

神经科医生第二天打电话给我：“嗯，有东西使你的胆固醇超标了。”为了尽快把它降下来，我每次服用立普妥的剂量得从之前的二十毫克调整为两倍。和医生通完电话后，我想起十五年前在英国，我的全科医生就对我说过，我的胆固醇有点高，我当时没有在意，搬到伦敦的另外一个地方后，就换了一个医生。在我的印象中，自那以后，我就再也没有验过胆固醇，直到现在。

现在我已经加入了伟大的依赖斯达汀的高胆固醇美国民主大家庭，我被那一堆精美的手册中介绍的中风病人群体热情接纳了，我现在已经成了他们中的一员。

这些手册读起来很让人沮丧，它们以一种亲切的方式展示了不同性别、不同种族的人在经历过中风之后的充满意义的人生，而这些人，不论种族和性别，都是白发苍苍的老人。步行是很好的锻炼方式，修剪花园里的树木有益于增强心肺功能，我根本不属于这些建议所针对的那个群体。我抗拒这样主动凑过来套近乎，然而就在这时候，我想起了九个月前发生的事。当时我正坐在咖啡馆里，我左手的大拇指和食指完全失去了知觉。那天外面很冷，但是回头想想，当时的那种感觉和气温没有关系，绝对没有关系，那不是单纯的麻木或冻僵，更像是死了的感觉，这种感觉只持续了短短几分钟，所以很快就被我抛到了脑后。另外还有几次，我眼前亮闪闪的，好像有点漂白过的感觉，但这些经历都很短暂，我也没有把它们放在心上。现在看来，这些点点滴滴也许就是短暂的缺血性发作：短暂得令你很难去在意，直到更严重的事情发生，它们才有了定义和含义，在此之前，你绝对不会把它们与中风联系起来。

在伦敦的时候，我经常在波托贝洛路碰到吉尔伯特·阿代尔[1]，无论在他中风前（一直抽烟，从没见过他健康的样子），还是中风后——用他自己的话来说——“身体大不如前”的那个阶段，我都见过他。我最后一次看到他的时候，他正慢吞吞地和一个朋友在走路，他当时很吃力地想要回忆起我是谁。几个月后，2011年12月，他就过世了，那一年他六十六岁。吉尔伯特就是一个中风手册上的素材，他的生活习惯就是在为中风做准备。也许我不太走运，我毕竟得了中风，但走运的是，我得的只是轻微的中风。在中风前后的四十八小时里，我的身体几乎感觉不到什么区别。到了星期五和星期六，我还能够打乒乓球（这对眼睛是很好的锻炼，它让我发现自己到了夜里还是有点视力不济，大概是在十点到十二点那个时间段）。到了星期一，我又开始打网球了。我再次得中风的风险是增加了，但除此之外，我都挺好的，在生理上没什么问题；但在心理上，我很清楚，自己脚下的地面随时都会阿代尔式地洞口大

---

① 吉尔伯特·阿代尔（Gilbert Adair，1944—2011），英国作家、电影评论家和记者。其作品《神圣的纯真》（*The Holy Innocents*）曾被意大利导演贝尔纳多·贝托鲁奇（Bernardo Bertolucci，1941—2018）翻拍成电影《戏梦巴黎》（*The Dreamers*）。

张。每次冲完澡出来，血液冲向——或者冲出？——头部，让人头晕目眩，我都担心这也许是中风来临的冲击波，我害怕弯腰，我无时无刻不在担心自己的脑子。

确实存在一些认知功能的损伤，但杰西卡坚持认为这种情况在中风**之前**就有了。我曾经引以为豪的方向感早就已经一路向南滑坡，是南还是北，还是东，早就糊涂了。另外，我还很难集中注意力，但这个问题也由来已久，我觉得是网络造成的，并不是因为我的大脑断了根保险丝或者裂了条缝。所以，没事的，我脑袋里并没有出什么永久性的故障，或者说，有问题的地方很早就有问题了，除此之外，还没有出现新的问题。可是，如今我想到这个头颅以及蜷伏在里面取暖的大脑，就会产生一种惶悸感，这是我以前没有体会过的。我起先还在想着要在洛杉矶申请一张药用大麻卡，但现在想到抽大麻（这里的“抽”指的是加州人认为健康的蒸吸法）就觉得这是件很可怕的事。大麻也许可以改善某些病症，但对于中风患者来说，似乎铁定会将他们带入一种极其糟糕的幻觉，患者在脑中死命揪着刚才那场中风的感觉，或因担心过度而再度引发中风，随时都有可能把脑子崩裂。总而言之，这牵涉到我的大脑，我很爱我的大脑，我很欣赏它这样顽强地工作了半个多世纪。比方说，你的肝脏或心脏出了问题，这是很糟糕的事，但是如果你够幸运，换了个新的，吃的药也管用，你还是会回到原来的自己；可大脑就是另外一回事了，你与生俱来的大脑要么正常工作，要么出问题，令你与原来的自己渐行渐远。即使有一个更好的、更聪明的大脑可供移植，我也不会拿我自己的糊涂脑子去换别人的脑子。虽然我们很快就发现问题不出在眼睛这里，但这毕竟是症状显示的地方，我也很爱我的眼睛，尤其是在南加州这里，人活着的一半理由——也可能是全部理由——就是看风景和被人当风景看。我喜欢看海，看阳光，我也喜欢看那些小麦色的、没有多余脂肪、受过镜头检验的完美躯体装饰着零胆固醇的文身（毛利图案和《无尽的玩笑》[1]里的妙句），在海滩上秀着肌肉，沿着海滩慢跑。然而就在那里，就在海边，还有一群无家可归、精神不太正常的人，这些男男女女，他们的大脑被毒品搞得四分五裂，或者被脑子里诊断不出的线路故障给慢慢地毁掉了。

① 《无尽的玩笑》（*Infinite Jest*），是美国作家大卫·福斯特·华莱士（David Foster Wallace，1962—2008）于1993年出版的小说。

中风后过了一星期，我们买了一辆车，一辆普锐斯，它的前主人是一个刚离世的朋友。几乎正好一年前，我们还在伦敦与她的丈夫一起吃过饭，他回到洛杉矶后，妻子就被诊断出了癌症（她一直都比他健康，比他有活力，直到几周前开始，她总是觉得疲惫）。我们五月去探访他们的时候，那段时间她正在接受化疗，看上去状态不错，然后到了十月，她就去世了。另一个在伦敦的朋友经历了多年的癌症治疗、缓解、复发之后，也于去年春天过世了。这两个朋友都只活到四十几岁，相比之下，我的父母可真是长寿。尽管我爸爸的饮食习惯只会增加中风、癌症或者心脏病发作的风险，但他却一直挺到了九十岁生日，刚好到那天。可惜他已经不在了，欣赏不到这样精彩的滑稽戏——他儿子吃得这么健康，居然在五十五岁得了中风。

一切照旧，生活几乎没有任何改变，只是我不得不戒掉了烤两遍的榛果羊角面包，而且我还经常因为肌肉拉伤而打不了网球，这伤还好得很慢。这是立普妥的副作用，还是人到中年的一个主要后果？我不知道，但是遵照手册里的建议，我做了大量其他的运动，我总是骑着车在外面跑，享受着明媚的阳光和天气。你得在这里待多久，才能对这种阳光和天气习以为常？如果你是从英国来的，那么待一辈子是不够的，即使这一辈子有我爸爸经历的那么长。

我准备把这次中风当成一次莫名其妙的发作，就这么过去，三个月后我去回访时见到的神经科医生，一名新的医生，他也准备这么做。这时候，我的胆固醇指标已经完全符合正常标准了，但医生不喜欢神秘，他们不太愿意接受莫名其妙的事，他建议我去咨询一下另一个层级的专家，又是一名神经科医生，但他专攻中风。我觉得怎么样？这个嘛……在我又开始打乒乓球后不久，我对一个其父曾多次中风的朋友说，我仍感觉左边有大约百分之二的视觉缺失。

“你想要回那百分之二。”他说。

“我是英国人，”我说，“对我来说，一样东西达到了百分之九十八的水平，我总觉得已经很好了。”所以当时我一冲动，就想对医生说同样的话：算了吧，别麻烦了，别再上升到更高的专业领域了。尤其是这名神经科医生还远在好莱坞，而且，我也已经恢复了内心的平静，对很多事的直接反应都是“太无聊了”，比如劳神耗时地跑到好莱坞去看医生这种事，但我还是预约了，并且真的劳神耗时地跑过去见这个新的大脑研究专家。

他叫桑杰，作为这么资深的专家，他看上去年轻得令人难以置信，但他却用几个简单的测试就让我出了糗。我可以毫不费力并且不假思索地用自己右手的大拇指从小指划到食指，刚开始我是用左手试的，不行，顺序不对。接着是第二遍、第三遍。然后我们又进行了一长串的问答，又看了一些我脑部的影像，其中有一张捕捉到了中风时的状态，上面清楚地显示着什么东西爆出来或结成的血块，情况原本可能会更糟糕。然而，手指和大拇指的测试还是让他不能释怀，于是，在接下来的几星期里，我又劳神耗时地赶过去，让价值百万美元的仪器来查查我为什么会通不过这个最简单的测试。桑杰好像被我的病弄得很兴奋，但我不清楚这是否只是因为他遇到了挑战，而不是为了我的健康。难道说要是这些检查结果推翻了他对中风原因的诊断，治疗方案就会有什么不同吗？我这样问他。问得好，他说，治疗方案很可能会改变，要看检查的结果。

于是我们继续追根溯源，查找症结，想把它揪出来，就像企图揪出藏在托拉波拉洞穴里的本·拉登一样。当时，我的肺好像出了问题，于是我又赶回去做肺部检查，如果出来的结果是阳性的，可能还得做手术，但查出来是阴性的，线索就这样断了。最后，就像此前的两名神经科医生那样，桑杰也不再追究了，勉强接受了这个在学术上令人沮丧的诊断结果——倒霉事总是有的，就算是大脑也会倒霉。我也还是继续服用立普妥和小剂量的阿司匹林。

中风刚过去的那段时间，我常常想起塔可夫斯基[①]的电影《索拉里斯》[②]里的一句台词：我们从不知道自己的死期，正因为如此，我们在任何特定的时刻都是永生的。现在，几个月过去了，经历过这么多检查之后，我又故态复萌，觉得生活总是摆脱不了乏味，而当初决心把每一天都当成额外的恩赐的想法，如今也已经忘得差不多了，即使是这样，生活在这个我一直向往的地方，栖息在阿多诺口中的“这个偏远的西海岸”，还是感觉很美妙。此刻，太平洋上正在酝酿一幕狂野的日落，海水泛着青绿色的光泽，天空正在变成一种很艳丽的粉红色，圣莫尼卡摩天轮的灯光开始在暮色中跳动、旋转。生活如此精彩，我想要这样一直活下去，就为了看看这天地间的日新月异，世事变迁。

---

① 安德烈·塔可夫斯基（Andrei Tarkovsky，1932—1986），苏联电影导演、编剧、演员。

② 《索拉里斯》（*Solaris*），又译为《飞向太空》。该电影曾获得第25届戛纳国际电影节评委会大奖。

十

卢克索有座比真人稍微大一些的雕像，国王和王后正襟危坐，她的右手搭着他的左肩，他还是完整的，面朝着正前方，但由于时代久远，不知什么缘故，她的一半胸部、整个脑袋和整条左臂像是被什么东西斜劈下来，被齐斩斩地切掉了，损坏得太严重，复原是不可能的，着实令人扼腕。从另外一个角度看，从丈夫的右侧来看，似乎她的左手（事实上已经完全消失）就搭在他肩膀上。想象一下，夫妻俩端坐着拍一张正式的肖像照，一张刻在古老的石头上的照片，按下快门的那一刻，她把头埋到他的身后，咯咯咯地笑起来——这为了配合摄影要求摆出来的姿势僵硬得可笑，令她忍俊不禁。这样想象着，整个作品就突然变得完整了。

我以为这效果只是我瞬间的幻觉而已，但只要我一走动，那女子就跟着移动，她的形态也发生相应的改变，并引发新的幻觉。这座石像在过去几千年里一直都是这样，但是它的微妙之处在于：一个稍纵即逝的刹那、一个瞬间举动被石头留住，时光变迁在一瞬间被定格，同时也被逆转。时间是活的，它永远活着。

图片为卢克索雕像。(作者提供)

致　谢

本书的部分内容在此前就已出版，形式颇为不同。

刊物及内容

《纽约客》（*New Yorker*）：《时间中的空间》《空间中的时间》、一、二、三、四

《哈普》（*Harper's*）：《故宫》

《格兰塔》（*Granta*）：《白沙》

《观察者杂志》（*Observer Magazine*）：《哪里？什么？哪里？》

《金融时报》（*Financial Times*）：《北极黑》[1]、十

《伦敦书评》（*London Review of Books*）：《开始》

《新共和》（*New Republic*）：五

感谢这些杂志的编辑，特别是尼古拉斯·特劳特温、克莉丝·考克斯、马特·韦兰、克里斯琴·洛伦兹和本·库莱尔。感谢伊桑·诺索斯基完整阅读我的书

---

① 约现有篇幅的八分之一。

稿，感谢大卫·尤林在有关洛杉矶的篇章上给予的帮助，也感谢万神庙的丹·弗兰克、米希科·克拉克和贝齐·萨莱，感谢怀利代理公司的每一位，感谢金伯利·伯恩斯。